O FAZEDOR DE VELHOS

RODRIGO LACERDA

O Fazedor de Velhos

12ª reimpressão

Copyright © 2017 by Rodrigo Lacerda

Grafia atualizada segundo o Acordo Ortográfico da Língua Portuguesa de 1990, que entrou em vigor no Brasil em 2009.

Capa
Raul Loureiro

Foto de capa
Esboço (detalhe), colagem de Raul Córdula, 32,5 x 22,5 cm. Coleção particular.
Parte do livro *Esboços/ Sketches*, de Raul Córdula.
Texto de Olívia Mindêlo. Edição Funcultura/ Instituto Cultural Raul Córdula. Recife, 2015.

Revisão
Angela das Neves
Márcia Moura

Os personagens e as situações desta obra são reais apenas no universo da ficção; não se referem a pessoas e fatos concretos, e não emitem opinião sobre eles.

Dados Internacionais de Catalogação na Publicação (CIP)
(Câmara Brasileira do Livro, SP, Brasil)

Lacerda, Rodrigo
    O Fazedor de Velhos / Rodrigo Lacerda. — 1ª ed. — São Paulo : Companhia das Letras, 2017.

    ISBN 978-85-359-2842-6

    1. Ficção brasileira I. Título.

16-08329   CDD-869.3

Índice para catálogo sistemático:
1. Ficção: Literatura brasileira 869.3

Todos os direitos desta edição reservados à
EDITORA SCHWARCZ S.A.
Rua Bandeira Paulista, 702, cj. 32
04532-002 — São Paulo — SP
Telefone: (11) 3707-3500
www.companhiadasletras.com.br
www.blogdacompanhia.com.br
facebook.com/companhiadasletras
instagram.com/companhiadasletras
twitter.com/cialetras

Para a Clara e sua turma

Sumário

1. Tudo começa sem a gente perceber, 9
2. A idade dos livros, 20
3. Noite triste, 31
4. Cérebro neutro, 46
5. As primeiras pesquisas, 60
6. A natureza humana, 68
7. Ultrassonografia do amor, 76
8. Opção difícil, 85
9. Me fazendo velho, 105
10. Voando com a minha sombra, 118
11. Moscas e meninos travessos, 131
12. … E assim por diante…, 147

1. Tudo começa sem a gente perceber

Eu não lembro direito quando meu pai e minha mãe começaram a me enfiar livros garganta abaixo. Mas foi cedo.

Lembro das sessões de leitura de poesia a que eu e minha irmã éramos submetidos pela nossa mãe, e que ela só aceitava interromper quando um filho, em geral eu, caía de joelhos a sua frente com gestos de reza fervorosa, e o outro, normalmente minha irmã, agarrava sua mão com a intensidade de um moribundo fazendo o último desejo. Ela nos olhava contrariada, mas ria do nosso desespero exagerado: "Para, mãe, pelo amor de Deus, para!".

O conteúdo dessas leituras era relativamente variado. Digo relativamente porque as preferências de minha mãe, mesmo sendo variadas entre si, se repetiam sempre. Depois de um tempo, começamos a reconhecer alguns nomes de gente — Castro Alves, José Régio, Gonçalves Dias, João Cabral de Melo Neto, Manuel Bandeira, Fernando Pessoa, Carlos Drummond de Andrade —, e alguns nomes de livros e poemas — "Navio negreiro", "I-Juca-Pirama", *Poesia até agora*, *Mensagem*, *Rosa do povo*, *Carnaval*, *Auto do frade*, *Espumas flutuantes*, "O monstrengo".

Após anos combatendo amorosamente a inclinação dos filhos pela preguiça mental, minha mãe enfim conseguiu colher resultados. Aos poucos, nós não só fomos nos acostumando aos nomes e aos versos que ouvíamos a contragosto, como também, aqui e ali, começamos a desenvolver nossas preferências, a eleger quais, por um motivo ou por outro, amenizavam o tédio torturante das sessões de leitura.

A minha escolha mais antiga, pelo menos que eu me lembre, era um poema de título estranho: "I-Juca-Pirama". Só depois descobri que era o nome do personagem principal, um índio tupi.

Num determinado momento da história, os tupis perdem a guerra contra os timbiras, e o I-Juca-Pirama, enquanto foge com o pai velho e doente pela floresta, é preso pelos vencedores.

Um dia, sei lá que idade eu tinha, me interessei por esta passagem. E a minha mãe ajudou, fazendo o favor de adicionar um dado novo e palpitante às agruras do protagonista. Ela disse que os índios roubavam a força e a coragem dos inimigos de uma maneira muito concreta: comendo-os.

Não crus, assados. Mas mesmo assim...

O guerreiro tupi, diante dessa tétrica perspectiva, cheio de orgulho e tristeza, canta para os timbiras e para a morte que se aproxima, em forma de espeto:

Meu canto de morte,
Guerreiros, ouvi:
Sou filho das selvas,
Nas selvas cresci;
Guerreiros, descendo
Da tribo tupi.

Da tribo pujante,
Que agora anda errante

Por fado inconstante,
Guerreiros, nasci:
Sou bravo, sou forte,
Sou filho do norte;
Meu canto de morte,
Guerreiros, ouvi.

Minha mãe lia em voz alta, com ritmo, marcando as rimas. Quando o ritual de antropofagia parece que vai começar, o prisioneiro chora. Chora e confessa aos inimigos ter escondido na floresta o pai cego e à beira da morte. Implora que o deixem cuidar do pai até o fim, prometendo voltar e reassumir o papel de prisioneiro, e de prato principal, assim que o velho Pirama partir para a grande floresta lá do céu.

Os timbiras, porém, não percebem o quanto as lágrimas do guerreiro são honradas e nobres (ou você acha que é para qualquer um, se entregar de novo só por uma questão de honra?). Eles não compreendem que o choro não é por medo da morte, mas de preocupação com o pai. Então, sem entender o verdadeiro caráter do candidato a churrasco, julgam-no um covarde e preferem libertá-lo, pois não querem "com carne vil enfraquecer os fortes".

O tupi, incompreendido, vai afinal encontrar o pai. Só que o velho, cego e moribundo, não quer saber de alterações no modelo de comportamento que faz a honra de um guerreiro. Repreende o filho, ao saber como havia apelado para a generosidade dos vencedores, usando a sua doença como desculpa. Ordena-lhe que o conduza até o acampamento inimigo. Lá chegando, pede que aceitem de volta o prisioneiro e que o tratem como a um valente. Ou seja: espeto.

Mas tudo ainda piora. Os timbiras se recusam a aceitar o I-Juca-Pirama de volta, e o pai, ao entender por quê, isto é, ao saber que o filho havia chorado diante do inimigo, desiste de salvar a sua honra. Ter apelado para a generosidade dos timbiras já era ruim, ter usado a sua doença como desculpa era péssimo. Mas ter chorado, aí não; merecia o pior castigo de todos, a maldição paterna:

> *Tu choraste em presença da morte?*
> *Na presença de estranhos choraste?*
> *Não desceste o covarde do forte;*
> *Pois choraste, meu filho não és!*
> *[...]*
> *Sê maldito, e sozinho na terra;*
> *Pois que a tanta vileza chegaste,*
> *Que em presença da morte choraste,*
> *Tu, covarde, meu filho não és.*

Quanta injustiça! Que o inimigo não visse a grandeza do gesto de I-Juca-Pirama, até dá pra entender. Agora, ser incompreendido e amaldiçoado pelo próprio pai!

Acabei adorando esse novelão metrificado, com índios no lugar de galãs bigodudos.

Outro poema que terminei preferindo, e aprendendo quase de cor, foi "O monstrengo", escrito, segundo minha mãe, por um poeta português que dizia ter quatro personalidades. Achei isso impressionante. Já imaginou, quatro portugueses numa pessoa só?

O poema reproduz o diálogo de um marujo com uma criatura horrível. O marujo está no meio do oceano, sozinho no convés, conduzindo o leme de um navio do rei de Portugal, quando é ameaçado pelo vulto macabro, que voa ao seu redor, como um fantasma dos mares. Essa criatura, o "monstrengo", fica o tempo todo perguntando ao homem do leme quem é e o que está fazendo em seu território:

> [...] "Quem é que ousou entrar
> Nas minhas cavernas que não desvendo,
> Meus tetos negros do fim do mundo?"
> [...]
> "De quem são as velas onde me roço?
> De quem as quilhas que vejo e ouço?"
> Disse o monstrengo, e rodou três vezes,
> Três vezes rodou imundo e grosso

E, ao fim de cada estrofe, o homem do leme, tremendo de medo, responde sempre que está ali por ordens do rei d. João II (que existiu mesmo).

Depois de ouvir a mesma pergunta várias vezes, e de responder várias vezes a mesma coisa, uma bela hora o marujo sobe nas tamancas (ele era português, afinal). Fica cheio de coragem e encerra o poema enfrentando o fantasma:

> Três vezes do leme as mãos ergueu,
> Três vezes ao leme as reprendeu,
> E disse no fim de tremer três vezes:
> "Aqui ao leme sou mais do que eu:
> Sou um povo que quer o mar que é teu;
> E mais que o monstrengo, que a minha alma teme,
> E roda nas trevas do fim do mundo,
> Manda a vontade, que me ata ao leme,
> De el-rei dom João Segundo!"

Eu não sabia explicar por que este ou aquele poema virava meu preferido. De repente me pegava lembrando dos mesmos versos que tempos antes ouvira no maior sacrifício. Aos poucos ia gostando da música forte que as palavras compunham. O ritmo do "I-Juca-Pirama" e d'"O monstrengo" transmitia algo que eu não sabia definir, mas era bom.

Hoje, olhando para trás, vejo que havia mais uma coisa em comum entre os meus poemas preferidos: a história. Eu gostava mais se eles contavam uma história.

Talvez por causa disso, quando meu pai começou a me recomendar livros de prosa, fossem romances ou volumes de contos, eu tenha gostado tanto daquele que era o seu autor predileto. Um outro português, chamado Eça de Queirós. Este, além de um bigodão típico, enroladinho nas pontas e tudo, tinha ritmo, música, piadas, amor e tragédia. Mas, sobretudo, não criava apenas uma história para cada romance, criava milhares, e milhares de personagens também.

Difícil escolher de quais eu gosto mais. Praticamente impossível. Talvez a melhor resposta seja dizer que, na montanha de histórias do Eça, o que eu gosto mais é da combinação de dois personagens. Nada, acho, supera a amizade entre o Carlos Eduardo, protagonista do romance *Os Maias*, e o João da Ega.

Quando tudo começa, os dois amigos acabaram a faculdade em Coimbra e estão voltando para casa, em Lisboa, com planos de trabalhar, mas também de aproveitar a juventude. Afinal, estão com a vida ganha: em relação ao passado, têm a sensação de dever cumprido; em relação ao futuro, *não* têm ainda grandes responsabilidades. Saboreiam os prazeres da mesa, dos copos, das namoradas, e dividem tudo isso alegremente.

Ao ler aquilo, ficava me perguntando como seria, apenas com palavras, criar dois personagens tão vivos? E uma "liga" tão perfeita entre eles?

Carlos é um pouco menos malucão, mas adora a espontaneidade e a vivacidade do amigo, que vive encrencado; Ega admira a elegância de Carlos, a generosidade de sua alma e, sobretudo, sua personalidade equilibrada.

Tudo isso aparece nas cenas principais do romance, mas também em cenas menos destacadas. Num dado momento, por exemplo, o Ega é expulso de uma festa a fantasia, pelo marido de Raquel de Cohen, mulher a quem ele, Ega, estava namorando um pouco escancaradamente demais. O Cohen descobrira o namoro clandestino e expulsa o amante do salão, na frente de todo mundo. O Ega, então, segue desesperado para a casa do amigo Carlos, em busca de apoio naquela noite de horror. Carlos está se arrumando em frente ao espelho, quando toca a campainha:

> Depois, pela escada acima, duas penas negras de galo ondearam, um manto escarlate esvoaçou — e o Ega estava diante de Carlos, caracterizado, vestido de Mefistófeles!*
> Carlos apenas pode dizer: "Bravo" — o aspecto do Ega emudeceu-o. Apesar dos toques de caracterização que quase o mascaravam — sobrancelhas de Diabo, guias de bigode ferozmente exageradas — sentia-se bem a aflição em que vinha, com os olhos injetados, perdido, numa terrível palidez.

E então, depois que sua aparência sinistra deixou Carlos em estado de alerta, o Ega conta sua desgraça ao amigo. E a descrição é hilária:

> — Quando entrei na primeira sala, estava ele, de beduíno; estava um outro sujeito de urso, e uma senhora não sei de quê, de tirolesa, creio eu... ele veio para mim, e disse-me aquilo: "Ponha-se fora! Você, seu infame, ponha-se já no meio da rua... Já no meio da rua, senão, diante desta gente, corro-o a pontapés!"

Só de imaginar um urso e uma tirolesa vendo o quebra-pau entre um diabo e um beduíno...

O Ega, ainda exaltado e humilhado, "mordendo cano" de

---

* Para quem não sabe, Mefistófeles é uma espécie de diabo.

tanta raiva, promete a Carlos que irá desafiar o Cohen para um duelo de morte. É a hora em que o amigo, em vez de passar a mão na cabeça dele, obriga-o a encarar a realidade:

— Meu querido Ega, tu não podes mandar desafiar o Cohen.
O outro parou de repente, atirando pelos olhos dois relâmpagos de ira a que as medonhas sobrancelhas de crepe, as duas penas de galo ondeando na gorra, davam uma ferocidade teatral e cômica.
— Não posso mandar desafiar?
— Não.
— Então põe-me fora de casa...
— Estava no seu direito.
— No seu direito!... diante de toda a gente?...
— E tu, não eras amante da mulher diante de toda a gente?...

Para continuar domando os impulsos do amigo, Carlos decide levá-lo até a casa de outro camarada, o Craft. Espera que uma segunda opinião faça o Ega ver as coisas como elas realmente são. Chegando lá, o Craft, lógico, apoia o entendimento de Carlos sobre o problema. Faz ver ao Ega que, se alguém está no direito de desafiar alguém, é o marido de Raquel, o homem traído. Portanto, tudo o que ele, Ega, pode fazer é esperar o dia seguinte, para ver se o desafio realmente se concretiza.

A questão estava simplesmente em que o Cohen o surpreendera amando-lhe a mulher. Logo, podia matá-lo, podia entregá-lo aos tribunais, podia escavacá-lo na sala a pontapés...
— Ou pior — interrompeu Craft. — Mandar-te a senhora, com este bilhetinho: "Guarde-a".

Dá para ouvir o Craft e o Carlos rindo amigavelmente da cara do pobre Mefistófeles. O fato de o Ega não poder fazer nada, mais a gozação dos companheiros sobre sua ex-namorada, deixa-o inconsolável. Ele se lamenta, diz que os dois não o entendem, que não tem amigos de verdade etc. Mas nem o Carlos nem o Craft o levam a sério, e este último diz:

> — Então, meu caro Ega, tens outra coisa a fazer, antes de morrer amanhã talvez, é cear esta noite. Eu ia cear, e por motivos longos de explicar, há nesta casa um peru frio. E há de haver uma garrafa de vinho...

E, no fim das contas, eles vão jantar. Durante a refeição, a fúria e a mágoa do Ega se desfazem, diluídas pela bebida, pela comida, pela conversa e pela amizade. No início, vão sumindo devagar, mas logo desaparecem por completo. É um processo que, resumido, fica assim:

> Carlos, que se declarara esfomeado, trinchava já o peru, enquanto Craft desarrolhava, com veneração, duas garrafas do seu velho vinho, para reconfortar Mefistófeles.
> Mas Mefistófeles, sombrio e com os olhos avermelhados, repeliu o prato, desviou o copo. Depois, sempre condescendeu em provar o vinho.
> — Que é aquilo além, naquela lata? — perguntou o Ega, com uma voz moribunda.
> Era um patê com trufas. Mefistófeles escolheu com tédio uma trufa.
> — Bem bom, este seu vinho — suspirou ele.
> Então Ega confessou que devia estar fraco. Com aquela excitação do seu traje de Satanás, nem jantara, contando cear bem em casa do outro... Sim, com efeito, tinha apetite! Excelente patê...
> E daí a pouco devorava. Ele só bebeu quase toda uma garrafa de vinho.

O Ega se acalma na companhia dos amigos. Relaxa até demais, exausto de tantas emoções e amolecido pelo álcool. Fica completamente bêbado. Quando já está meio desmaiando, o Carlos, o Craft e um mordomo carregam-no para a cama. E o Ega, graças a seu estado de semiconsciência alcoólica, "entrega", na frente dos amigos, os apelidos íntimos e ridículos que trocava com a ex-amante Raquel.

E enquanto o levavam para o quarto de hóspedes e lhe despiam a fantasia de Satanás, o Ega não cessou de choramingar, dando beijos babosos pelas mãos de Carlos, balbuciando:
— Raquelzinha!... Racaquê, minha Raquelzinha! Gostas do teu bibichinho?...

Lendo isso, toda a humilhação do Ega, todo o drama do término do namoro, para mim, vinham coloridos pelo escritor de um jeito tão alegre, com uma ironia tão simpática, que o sofrimento do personagem se tornava não menos humano, porém muito mais divertido. E talvez "divertido" não seja a palavra exata. O jeito do Eça escrever, à medida que fui conhecendo seus livros, foi virando a minha filosofia de vida.
Quando comecei, aos treze anos, minha mãe achou que era cedo demais. Temia que eu acabasse chamando o Eça de "Eca" de Queirós. Afinal, os romances dele não apenas costumam ser grandes, duzentas e cinquenta páginas no mínimo, como também estão cheios de homens inescrupulosos, de mulheres que traem seus maridos, de figuras invejosas, cruéis etc. Mas nunca tive preguiça de lê-los, e nunca me choquei com absolutamente nada, pelo contrário, adorei rir das situações em que os adultos podiam se meter. Foi como que uma lição para a vida, mas iluminada pelo humor.
Fiquei muitos anos obcecado por aquela mistura de grande

arte com diversão, de temas adultos com leveza, pela combinação que o Eça fazia de personagens bons com defeitos, e de personagens maus com qualidades, sempre tratando a todos de forma igualmente amorosa, igualmente irônica, como se o escritor, de fora, lançasse um olhar piadista sobre tudo e todos, um olhar que não condenava ninguém, mas ria de todo mundo. E essa piada, esse seu jeito de ir "tirando uma" dos personagens, se tornou para mim a conversa de um amigo.

2. A idade dos livros

Os livros e o Fazedor de Velhos têm tudo a ver. Foi graças a um livro que ele falou comigo pela primeira vez.

Eu tinha dezesseis anos e estava de viagem marcada com minha irmã para São Paulo. Era a última semana das férias, mas ainda dava tempo de visitar o nosso primo paulista e de passar uns dias na fazenda de um amigo dele. Até SP, eu e ela viajaríamos de avião, sozinhos. Depois, todos juntos, iríamos no carro dos pais do amigo do primo.

Como eu ainda não era maior de idade, precisava de uma autorização do Juizado de Menores para viajar "desacompanhado de pais ou responsáveis". Mas eu havia tirado uma autorização dessas logo que as aulas acabaram, usando-a as férias inteiras, em outras viagens. Portanto, estava tranquilo.

Minha irmã, mais velha, se vangloriava de não precisar de autorizações. Eu morria de inveja. Primeiro porque, quando a gente é muito jovem, sempre quer crescer mais rápido. E também porque era um inferno conseguir aquelas benditas autorizações. Além de ter que tirar fotos três por quatro, o que eu odiava, também precisava convencer meu pai ou minha mãe a irem comigo ao juizado, o que eles odiavam (e estavam certos, porque era um saco mesmo). O pior é que, na época, antes dos Bin Laden da vida, às vezes as atendentes da companhia aérea nem pediam para ver documento nenhum. A vigilância nos aeroportos não era tão rigorosa. Na verdade, elas só pediam para ver os documentos do passageiro quando desconfiavam de alguma coisa. Quando não pediam, significava que eu e meus pais tínhamos tido um trabalhão à toa.

Naquele dia, meus pais levariam a mim e a minha irmã até o aeroporto. Quando nos deixassem, seguiriam para um almoço fora, com amigos. O combinado era que, à noite, ligaríamos para dizer se havíamos chegado bem. Era domingo, e isso explicava o fato de meu pai não estar trabalhando. Em dia de semana, eu mal o via.

Ele era um jovem advogado bem-sucedido, ou seja, era um homem magro, muito penteado, que até dormia de camisa social, e a quem, fora de casa, todos, todos mesmo, até os mais velhos, chamavam de dr. Luciano. Não era propriamente formal, e sempre foi divertido, mas era tão sério com ele mesmo, tão determinado a ser sempre correto, com a sua profissão, com a sua família, com as suas opiniões políticas, com a sua postura ética, que acabava impondo um respeito muito próprio em todo mundo.

Embora vivesse nesse ritmo, não sei como ele encontrava tempo para ler tal quantidade de literatura. Desde que me entendo por gente, lembro dele com um livro na mão. Os do Eça, que, como já disse, eram os seus preferidos, e uns outros romances mais complicados, dos quais eu nem chegava perto. Eram imensos e tinham 450 mil personagens, todos com um monte de nomes pra lá de estranhos. Os próprios autores tinham nomes esquisitos e difíceis de pronunciar, como Dostoiévski, Turguêniev, esses bichos. "Os russos", meu pai me ensinava, rindo, e eu achava que aqueles livros, como vinham da Rússia, eram coisa de comunista (uma vez, num almoço de família, meu avô e meu pai tinham desandado a discutir política; terminaram aos berros, e me lembro do meu avô chamando meu pai de "comunista!". Então, pensei...).

Minha mãe, Alice, era bonita. E legal, embora fosse meio mandona e mais brava que meu pai. Estava sempre vigilante, para saber se eu e minha irmã tínhamos lavado as mãos antes de comer, escovado os dentes antes de dormir, colocado as lentes, os óculos, usado o aparelho, calçado a bota ortopédica, feito os deveres, ligado para algum avô, agradecido algum presente etc. etc. etc. etc. etc. etc. etc. E sempre nos submetendo às sessões de leitura de poesia, claro. Mesmo assim, era legal. Dava aula de literatura em uma universidade, e era quem passava mais tempo com a gente.

Talvez, já que estou falando deles, seja bom falar um pouco de mim antes de continuar a história. Meu nome é Pedro. Na época daquela viagem a SP, além de ler, eu adorava jogar futebol de botão com os meus amigos, ir ao Maracanã ver o Flamengo ser campeão (o que, sem querer me gabar, acontecia quase toda semana) e ir à praia pegar jacaré. Teria adorado uma namorada, diga-se de passagem, mas não namorava ninguém.

Quanto a minha irmã, àquela altura da vida, o que posso dizer é que ela, para mim, já não era a sósia do monstrengo do Fernando Pessoa. Era só quase.

Mas, voltando à história...

Chegamos ao aeroporto lá pelas onze da manhã. Fazia um sol de matar passarinho na árvore. Saltamos do carro, nos despedimos dos nossos pais, pegamos as malas e, enquanto ouvíamos o barulho do motor se afastando, entramos no saguão do aeroporto. Como já tínhamos a passagem, fomos direto para a fila de embarque. Na nossa vez, a atendente da companhia aérea, macaca velha, pediu os documentos. Minha irmã, soberana, mostrou sua carteira de identidade. Eu, todo me achando, todo pimpão, entreguei a minha "Autorização de viagem para menores desacompanhados".

A mulher deu o cartão de embarque primeiro para minha irmã. Para mim, fingiu que lamentava muito e disse, na lata, que a validade da autorização havia acabado. Dois dias antes, dois míseros dias antes!

Fiquei branco, catatônico. Logo depois, fiquei histérico. Argumentei, apelei, implorei. Nada adiantou. A maldita funcionária foi inflexível. Eu não poderia entrar no avião sem documentos válidos. Lembrei-a de que estava acompanhado da minha irmã maior de idade, mas a mulher respondeu que não tinha como saber se ela era minha irmã mesmo.

Antes não fosse, que diabo!

Fiquei humilhado. Nada é pior do que ser tratado como criança aos dezesseis anos. Tive que assistir a minha irmã entrar na área de embarque, e eu ficando para trás. Ela, ao se despedir de mim, a caminho de mil programas, passeios e diversões, ainda teve a audácia de me dar um beijo na testa. Ia ter tudo que eu também queria e ainda me tratava como criança, a miserável. Eu mal conseguia pensar, tomado de ódio e humilhação.

É engraçado, hoje, lembrar das pequenas dificuldades daquela época em que os telefones celulares não existiam. Como eu não sabia o telefone de onde meus pais estavam almoçando, simplesmente não havia jeito de falar com eles. Estava condenado a perder meu programa. Se bobeasse, quando meus pais finalmente chegassem em casa, eu ainda ia ter que ouvir, por ter sido "criança" o bastante para não verificar a validade da minha autorização antes da viagem.

E, cúmulo dos cúmulos, eu iria passar aquele domingo completamente sozinho.

Confesso: por um momento, quase chorei. A minha sorte foi que, quando a primeira lágrima estava pulando fora dos olhos, notei um velho barbudo e mal-encarado me observando. Segurei o choro na raça. Ao contrário do que aquela imbecil do guichê de embarque e do que o velho enxerido podiam imaginar, eu já era quase um adulto e perfeitamente capaz de controlar meus sentimentos.

Voltei para casa revoltado, engasgado, como uma fera entrando na jaula. Fiquei rodando de um lado para o outro, rosnando, procurando alguma coisa com que me distrair, mas nada ajudava muito; nem livros, nem discos, nem TV, nada. Passei horas sem ter o que fazer.

De repente, meu olho bateu num troço. Era um livro bem grosso, com as obras completas de William Shakespeare, em inglês.

Aquele livro tinha sido a segunda coisa do Shakespeare, a segunda em inglês, que eu ganhara do meu pai. A primeira, tempos antes, fora uma fita cassete — não vídeo, só áudio mesmo — com uma de suas peças mais famosas. Eu a conhecia de nome, *Hamlet*, e de uma frase que todo mundo repete, "Ser ou não ser, eis a questão", e blá, blá, blá. Depois veio o tal livro com as obras completas.

Juro que, quando ganhei esses presentes, a sensação foi boa e não foi. Foi boa porque sempre é bom ganhar alguma coisa e porque essa coisa vinha do meu pai. Por outro lado, não foi. Eu ainda não falava nem o inglês de hoje, que dirá o de quinhentos anos atrás! Como não entendia nada, me sentia tão burro, e tão incapaz, portanto, de satisfazer a expectativa paterna, que tanto a fita quanto o livro me causavam um megassentimento de frustração.

Mas, naquele domingo de tarde, durante o meu desespero, ao bater o olho no tijolão shakespeariano, pensei numa coisa que podia dar certo. Eu tinha uma calça social azul-marinho, e meu pai, no meu último aniversário, dois meses antes, me dera um paletó, azul-marinho também. Se eu os vestisse como se fossem um terno, pegasse emprestada uma gravata e saísse com o catatau de quase mil páginas debaixo do braço, talvez enganasse a mulher do balcão da companhia aérea. Talvez ela não me achasse com uma cara tão jovem, não desconfiasse e, não desconfiando, não me pedisse documentos e me deixasse embarcar.

Eu precisava pensar rápido, pois meu primo e minha irmã iriam naquela mesma noite para a tal fazenda. Tinha de chegar a São Paulo antes que pegassem a estrada.

Decidi arriscar. A sorte era que meu pai me havia ensinado a fazer nó de gravata. Ele sempre pedia a minha mãe, a mim ou a minha irmã para que fizéssemos o nó da sua gravata, antes de ir para o trabalho. Era como um segundo beijo de despedida.

De quebra, lembrei que minha irmã, por ser míope e mimada, era uma verdadeira colecionadora de armações de óculos. Devia ter umas vinte no armário dela. Fui lá e escolhi a mais adequada para o meu papel de jovem com mais de dezoito anos engravatado e bem-sucedido.

Quando voltei ao aeroporto, ele estava bem mais cheio. Pensei que isso podia ajudar. Quanto mais gente, menos atenção a mulher do balcão conseguiria prestar em cada passageiro.

Na maior cara de pau, entrei na fila para pegar o cartão de embarque. Nessa hora, tive outra boa surpresa: haviam aberto um segundo guichê, com outra atendente. Eu tinha, portanto, cinquenta por cento de chance de não ter que enfrentar a mesma mulher. Ou seja, eu tinha cinquenta por cento mais chance de conseguir entrar no próximo avião.

A cada metro que a fila andava, a cada passageiro que era atendido, eu ficava tentando calcular com qual das atendentes eu falaria, quando chegasse a minha vez. Ficava tentando controlar a ansiedade e o medo de que o golpe desse errado.

Quando a atendente número 1, que me barrara horas atrás, chamou a pessoa justamente antes de mim, olhei para a nova e maravilhosamente desconhecida atendente número 2. Ela estava quase acabando de despachar o seu passageiro; melhor para mim.

Mas a atendente número 1 verificou que o meu antecessor imediato estava no voo de outra companhia, e o despachou em tempo recorde para outro guichê. Não deu para evitar. O assunto ficou mesmo entre mim e aquela mulherzinha meio artificial, com o cabelo esticado e preso num coque impecável, sem um fio fora do lugar, toda maquiada e uniformizada.

Apresentei a passagem como se nada estivesse acontecendo. E tasquei no balcão o calhamaço de trocentas páginas, em inglês de quinhentos anos atrás. Ela, discretamente, olhou o livro, e eu percebi que tinha causado impacto. Fiz um gesto acertando os óculos no rosto, como as pessoas que usam óculos costumam fazer. Olhei em volta pelo saguão, afetando a maior tranquilidade.

Cada segundo demorou um século, até eu ouvir a voz da mulher:

— Corredor ou janela, senhor?

Foi difícil conter a euforia e não cair na gargalhada, estragando meu disfarce. Depois que despachei a minha mala, peguei o cartão de embarque e deixei a área dos guichês, bem que tive vontade de sair pulando, sapateando, jogando para o alto os óculos da minha irmã (aliás, mais míope que uma morcega velha) e girando o meu paletó feito um doido no meio do aeroporto lotado. Com muito custo controlei todos esses ímpetos e saí com um riso besta na cara, satisfeito comigo mesmo, com a minha esperteza, a minha sagacidade, a minha genialidade, com a minha sei lá o que mais.

Antes de me dirigir ao portão de embarque, fui até a lanchonete, tomar uma super Coca-Cola com muito gás e muito gelo e limão, para comemorar. Estava feliz, superfeliz. Só me imaginava na tal fazenda, andando a cavalo, indo ao curral tomar leite direto da vaca, correndo no meio dos cachorros, comendo pães feitos em casa bem cedo pela manhã, caindo na piscina, saboreando a cara de banana da minha irmã ao me ver chegar e ao saber como eu tinha sido brilhante; enfim, tudo de bom.

Junto a mim, no balcão, com todo o carinho, pus meu amuleto: as obras completas de William Shakespeare. Naquele momento, uma pessoa sentou ao meu lado. Dei uma espiada de relance. Instintivamente, reconheci o velho! O mesmo velho que, horas antes, tinha me visto quase chorando, barrado no guichê!

Ele pegou minha olhada no ar, e achei que tinha lido meus pensamentos. Virei o rosto rapidinho. Vai saber se, me reconhecendo, não entraria numa de me denunciar, estragando tudo? Fingi de morto; mas meu coração começou a bater muito rápido. Por dentro, vivi aqueles instantes em alta velocidade; por fora, era como se eu tivesse virado estátua. O velho me encarou sem disfarçar. Continuei com o rosto virado, sem mexer um músculo. Ele, com um gesto lento e afirmativo, puxou o meu compêndio shakespeariano para o seu ângulo visual. Examinou a capa, folheou rapidamente, deu um sorriso maroto e disse, olhando bem para mim:

— Foi uma boa ideia.

Encarei o velho, percebendo que ele sabia o meu segredo. Eu é que não sabia suas intenções. Tentei manter a calma; no Brasil, pensei, dificilmente ele iria se dar ao trabalho de me entregar. Ser um povo visceralmente desregrado tem que ter alguma compensação! Eu já havia aceitado isso.

Mas o velho era meio estranho. Usava uma boina superquente, de veludo, e um sobretudo grosso, algo não muito aconselhável no Rio de Janeiro, num domingo de sol como aquele, a não ser que você esteja realmente a fim de desidratar feito um chuchu podre. Era mais estranho ainda porque, apesar do figurino exótico, tratava-se de um homem evidentemente bem cuidado. Bastava reparar nos seus cabelos, na pele, nas unhas, nos dentes. Olhando bem (me lembro de ter pensado), ele parecia um alemão diretor de teatro alternativo. Dos bons, não daqueles que só se disfarçam de gênios incompreendidos.

Eu, precavido, me fiz de besta, e perguntei de que ideia ele estava falando. Mas, em silêncio, o que perguntei a mim mesmo foram quatro coisas: "O que ele continuava fazendo ali no aeroporto?", "Como ele me reconheceu?", "Onde eu tinha estragado o meu disfarce?" e "Será que eu, perseguido, estava imaginando coisas?".

Ele, por uma incrível coincidência, disse uma frase que funcionava perfeitamente como resposta às minhas perguntas secretas, como se as tivesse visto com um raio x:

— Eu adoro vir a lugares por onde passa muita gente e ficar observando as pessoas. Às vezes fico o dia inteiro fazendo isso. Você me chamou a atenção desde hoje cedo. E quando voltou com esse livro aumentou ainda mais a minha curiosidade.

Não respondi, de novo. Fiz outra pergunta a mim mesmo, outra que eu não podia realmente fazer sem me denunciar: "O que vai acontecer comigo?".

E mais uma vez o velho arrancou do meu silêncio o conteúdo exato desses pensamentos:

— Pode ficar sossegado. Não vou fazer nada.

Será possível? Ou ele era um leitor de mentes ou seus comentários ganhavam sentidos perigosos porque eu estava com remorso por ter enganado a mulher do guichê. Mas, pensando bem, quem disse que eu estava com remorso?

Mesmo o velho me tranquilizando, hesitei em admitir que me pegara no pulo.

Por sorte, o homem continuou a conversa e, com simpatia na voz, perguntou:

— Quantos anos você precisou envelhecer?

Dei um sorriso sem graça, desarmando meu disfarce. Abaixei o rosto, até ganhar coragem para olhá-lo nos olhos.

— Tenho dezesseis.

Ele, por um instante, ficou emocionado. Tentou disfarçar, mas percebi. Antes que eu pudesse entender por quê, falou:

— Você é rápido.

Fiquei sem saber o que responder. Mas entendi que ele estava falando sério.

— O livro é do seu pai?

— Não. Ele me deu...

O misterioso diretor de teatro alternativo fez um "Ah", como se entendesse algo mais do que eu realmente tinha dito, e perguntou:

— Você já leu?

— Ainda não.

— Mas tem vontade?

— Tenho.

Ele deu um sorriso discreto.

— O seu disfarce ficou ótimo. O paletó, a calça, os óculos. Parece mesmo um jovem bem-sucedido, um advogado, ou coisa assim. Mas, na minha opinião, o toque de mestre foi o livro. Foi o livro que te envelheceu.

Balancei afirmativamente a cabeça, concordando com ele, orgulhoso do meu Todo-Shakespeare. Ele, então, desdobrou a sua última frase, levando-a para um lado que me deixou desconcertado:

— E o que você acha disso?

— Do quê?

— De ficar mais velho por causa de um livro.

Fiquei sem entender o raciocínio. Mas me deixou instigado.

Ao olhar o relógio no saguão do aeroporto, percebi que estava na hora do meu voo.

— Preciso ir.

O velho estendeu a mão. Respondi ao seu cumprimento.

Já meio de longe, ele recomendou, enquanto apontava para o livro:

— Não deixe de ler o seu Shakespeare.

3. Noite triste

Como eu já disse, quando ganhei a fita e o livro do Shakespeare, não sabia nada de inglês. Na época do episódio no aeroporto, já falava alguma coisa. Tinha estudado no colégio desde os dez anos de idade e num curso extra desde os treze. Aos quinze, fiz intercâmbio nos Estados Unidos. Passei seis meses me virando em inglês vinte e quatro horas por dia, até aprender. Mas ler Shakespeare em inglês arcaico era outro papo.

Apesar disso, movido pelo serviço que aquelas obras completas me tinham prestado, e impressionado pelas palavras do sujeito misterioso, quando disse que "os livros" me deixavam mais velho, passei aquele fim de férias na fazenda tentando decifrar a peça *Rei Lear,* com dicionário na mão. Foi inútil. Mesmo quando as palavras eram conhecidas, a maneira como apareciam na frase era diferente, e todo o texto tinha imagens, metáforas, que atrapalhavam o entendimento. Acabei deixando de lado. Depois, durante o Carnaval, tentei de novo. Mas larguei de novo.

Aí começaram as aulas pra valer — eu já estava no pré-vestibular —, e essa foi a desculpa perfeita para não me torturar mais com a frustração de não conseguir entender bulhufas daquelas histórias que o meu pai tanto amava. Acometido pela preguiça mental que me persegue desde criança, desisti de ler "o meu Shakespeare".

Com o tempo, esqueci totalmente aquele dia no aeroporto.

Os primeiros meses no pré-vestibular foram de euforia. Na escola, tínhamos chegado ao topo da pirâmide. Só os funcionários e os professores eram mais velhos que nós. E tínhamos regalias também. Não estávamos submetidos a listas de chamada, podíamos matar aula no pátio, não precisávamos de notas para passar de ano. Entrando numa universidade, estávamos aprovados. Era simples assim.

Então, quem, como eu, não ia atrás daquelas encrencas mais cabeludas, tipo medicina, matemática ou jornalismo, podia ficar sem fazer quase nada o ano inteiro. Uma beleza! Andávamos em hordas, arrastando a sola de nossos tênis e chinelos pelo pátio, enquanto as aulas comiam soltas. Era um tempo de descoberta. Descoberta das maravilhas da vida social. E das maravilhas que o malte fermentado era capaz de fazer. Saíamos do colégio para tomar cerveja às dez horas da manhã! Foi um tempo muito produtivo...

Como estudava no mesmo colégio havia muitos anos, reencontrei depois das férias boa parte dos velhos colegas. E descobri que conhecia vários vestibulandos fracassados no ano anterior, pois eram amigos e amigas dos meus primos mais velhos, ou da minha irmã. Criei uma turma realmente grande, o que é tudo que se pode desejar aos dezessete anos. Nela, aos poucos foi se destacando uma antiga conhecida, que virou minha melhor amiga.

Seu nome era Ana Paula. Alguns a chamavam só de Ana, ou só de Paulinha, mas fazia séculos que eu me acostumara a chamá-la pelos dois nomes juntos, e era tarde para mudar isso. Estávamos no mesmo colégio desde bem pequenos. Já tínhamos sido colegas de classe outras vezes, mas nem sempre nos déramos tão bem. A primeira vez foi no pré-primário e, na época, ficamos amiguinhos. Aí a trocaram de turma.

Fomos colegas de classe novamente na sexta série, mas aconteceu uma coisa curiosa: nos odiamos. Eu a odiei porque ela tinha virado uma pré-adolescente irritante, toda metidinha. Não imagino por que ela me odiava. O fato é que implicávamos um com o outro o dia inteiro. Quando os colegas gozavam da gente, dizendo que aquilo era amor, a raiva aumentava.

Um belo dia, na volta de uma excursão à floresta da Tijuca, a coisa extrapolou. No ônibus, ela me provocou tanto, mas tanto, que ao estacionarmos na frente do colégio, quando senti que já não estávamos sendo vigiados, saí feito um doido atrás da garota, correndo pelo pátio e estalando o meu casaco em suas costas. A Ana Paula ria, ria desbragadamente, me desacatando ainda mais. Para o nosso azar, um inspetor nos pegou e nos levou para a coordenação. Ou seja: eu, que nunca tinha sido mandado para o castigo supremo, parei lá por causa dela.

Fomos separados nos anos seguintes, e só nos víamos de longe, na hora do recreio, evitando chegar perto um do outro. Então, às portas do vestibular, nos juntaram novamente, na turma das humanidades (os diretores de colégio, ao montar as turmas, mal sabem o quanto estão mexendo com o destino dos alunos!). Eu ia fazer história. Ela, administração.

Minha lembrança é que, dessa vez, rapidinho fizemos uma amizade forte. Ela havia desenvolvido um senso de humor afiado. Continuou crítica, mas ficou divertida. Nos falávamos o dia inteiro; no colégio, de manhã e, à noite, pelo telefone. Viramos confidentes. Ela contava tudo para mim, eu contava tudo para ela. Durante as aulas, sentávamos juntos religiosamente todos os dias. Quando matávamos aula, matávamos juntos também.

Quem tinha mudado?

Fisicamente, ela estava igual. Toda pequenininha. O rosto ainda redondo, o nariz arrebitado, meio de criança, as mãozinhas, a voz fina.

Um dos seus assuntos preferidos, do qual eu, como confidente preferencial, não podia escapar, era sua paixão não correspondida por um garoto de fora do colégio, mais velho, que fazia dela gato e sapato.

Enquanto o meu reencontro com a Ana Paula não me fez sentir nada mais que amizade, eu a ouvi falar do sujeito e fiquei com raiva dele. Até aí, tudo normal. Era óbvio que o cara não queria nada sério. Só "ficava" com ela quando não aparecia ninguém melhor.

Mas chegou um tempo em que me doeu diferente vê-la se arrastando por aquele imbecil, ou simplesmente se arrastando por um sujeito que não a tratava com o devido carinho. A partir de então, ouvi-la falar como se ele fosse grande coisa, e colocando-se no papel de coadjuvante da própria vida, começou a me dar raiva *dela*!

Nossa intimidade tinha ido longe demais. Percebi que eu estava apaixonado. No entanto, como dizer que não queria e não podia mais saber da sua dolorosa história com aquele aprendiz de cafajeste? Que estragos isso poderia causar a nossa amizade?

Eu estava nesse dilema, quando, um dia, ela me contou a conversa mais sofrida de todas as que tivera com o sujeito que a maltratava. Minha melhor amiga havia se humilhado, praticamente implorando para que ele ficasse com ela. Quase enlouqueci, ouvindo cada um dos detalhes sórdidos.

Foi um martírio, sem brincadeira. Um martírio que chegou no auge quando ela me fez a confidência das confidências:

— Aí, Pedro, você não sabe o que eu disse pra ele...

— Tem mais? Acho que eu prefiro continuar sem saber.

— Mas eu preciso falar.

— Já ouvi muito, Ana Paula. E também já disse tudo.
Ela prendeu a respiração. Eu a olhei, e ela se abriu:
— Eu disse a ele que era virgem.
As palavras saíram de sua boca num arranque. Fiquei totalmente surpreso. Não entendi por que estava falando aquilo para mim. Não entendi por que teria falado aquilo para ele.
— E daí? — foi tudo que consegui elaborar.
Ela me olhou mais fundo, estranhando que eu não tivesse entendido.
— Eu pedi a ele que fosse o primeiro. Mesmo não gostando de mim.
Por alguns instantes, fiquei atordoado, como alguém que leva um tiro, vê a ferida, vê o sangue, sente a bala, mas ainda assim custa a acreditar que foi alvejado. Num gemido, eu disse:
— Você não fez isso...
— Fiz — ela respondeu, abaixando o rosto.
— E ele?
Ela hesitou um pouco, mas respondeu, ainda de cabeça baixa:
— Ele não quis.
Ao saber que tinha se machucado àquele ponto, eu me senti um infeliz completo, um príncipe encantado fora de contexto, na história errada. Ou, pensando melhor, um príncipe encantado que esqueceu o que era mesmo que tinha de fazer para acordar a princesa adormecida pelo feitiço. E que, quando lembrou, a princesa já tinha fugido com o dragão.

Eu continuava na dúvida se falar para ela dos meus sentimentos iria dar início a um namoro ou estragar nossa amizade.

Por um lado, se a Ana Paula valorizava a própria virgindade a ponto de oferecê-la como um bônus, como se o amor que sentia não fosse o suficiente, achei que cabia a mim, que estava apaixonado, evitar que ela se entregasse a quem não entendia o seu gesto.

Eu, meu Deusinho, ficaria tão feliz de ser o escolhido!

Mas outras vezes achava que, se me metesse no assunto antes da hora, antes de ela se encher para sempre daquela história perversa, arriscava dar tudo errado logo na saída. Eu tinha medo. E com medo fiquei.

Viajei com a minha família durante as férias de julho, e só nos reencontramos na volta às aulas. Então eu soube, por uma amiga comum, que a Ana Paula desistira de vez do menino. O que teria acontecido para ela cortar o mal pela raiz? Nunca descobri, mas fiquei imediatamente animado.

Na semana seguinte, a Ana Paula faria aniversário — seu signo era Leão —, e ia ter festa. Cheio de esperança, segui todo o figurino: comprei um bom presente, me vesti bem, botei perfume e, chegando no playground do edifício onde ela morava, conversei com todo mundo, contei boas piadas, não fiquei tomando cachaça vagabunda com os meninos na escada de serviço... Até dançar com ela uma chatíssima música de discoteca eu dancei.

Ainda na pista de dança, segurei mais forte a sua mão. Ela me olhou, perguntando, eu olhei para ela, respondendo. Ela ficou rindo, sem entender que eu estava prestes a tentar beijá-la. Mas eu tentei, aproximando nossos rostos lentamente. Quando meus lábios estavam quase encostando nos seus...

Meu beijo morreu na palma da sua mão.

Olhei para ela com espanto. Não consegui acreditar que estava me recusando um beijo. Será possível que ainda não tivesse percebido meus novos sentimentos por ela? Se não tinha, era a única pessoa da humanidade inteira que ainda não sabia.

Ela viu meu espanto, meus olhos arregalados, e, com um ar de preocupação, me puxou para fora da pista e para fora da festa. Num canto mais reservado, me encarou e começou a se explicar:

— A nossa amizade é mais importante, Pedro.

— Quem disse?

— Eu.
— Mas estou gostando de você.
— Você está é confundindo tudo.
— Me dá uma chance.
— As coisas nem sempre são como a gente gostaria.
— E o que isso quer dizer?
— Que a nossa amizade deixou de ser amizade, *pra você*.
— ...
— Você acha que eu te contaria as coisas que contei, se soubesse que você estava gostando de mim?
— O que importa é que você acabou com ele.

Nisso ela começou a chorar. Eu me arrependi do jeito ríspido com que tinha falado, mas agora precisava confirmar:

— Acabou, não acabou?
— Você acha que eu seria tão má com você? Contar tudo aquilo!
— Eu sei que não foi por maldade. Mas agora acabou, não acabou?

Parecíamos dois loucos conversando, mas nos entendíamos muito bem. Ela disse:

— Não foi só isso que acabou.
— E o que mais?

Ela olhou para mim com uma tristeza infinita, e lamentou:

— Agora, além de não ter o namorado que eu queria, perdi o meu melhor amigo.

Eu não me conformei com aquilo. Era uma maneira muito burra de ver as coisas.

— Você fala como se eu estivesse gostando menos de você, e é exatamente o contrário.
— Mas agora nos gostamos de jeitos diferentes... — ela respondeu.

Então eu disse, com todas as letras:

— Estou apaixonado por você.

Tentei abraçá-la, mas ela se esquivou. Depois de tanto tempo correndo atrás de alguém que a esnobava, só dando carinho e não tendo nada em troca, estava desacostumada a receber, concluí. Ela hesitou e, passados alguns instantes, saiu pela tangente:

— Preciso de um tempo sozinha.

Não vou negar que a festa terminou mal para mim. Naquela noite, se eu fosse um poeta romântico, como os que minha mãe gostava, eu teria morrido de amor, ou então começado a cultivar uma tuberculose gloriosa, que me levaria deste mundo infeliz antes dos vinte e cinco anos. Mas o fato é que não desesperei de primeira. Fiquei decepcionado, mas aguentei firme, e resolvi esperar o quanto fosse preciso.

Na segunda-feira fui ao colégio como se nada tivesse acontecido, tentando levar a vida quase normalmente. Só não sentava mais com a Ana Paula todos os dias, nem ligava para ela todas as noites. Não briguei, mas adotei uma nova tática. Não dava para nossa amizade continuar igual, nisso ela tinha razão. Agora tínhamos assuntos proibidos entre nós. Eu queria deixar de ser o amiguinho, o confidente, e precisava que ela me enxergasse de um novo jeito.

As semanas foram passando, me convenci de que talvez eu tivesse avançado rápido demais. Ela podia realmente ter sido pega de surpresa pela minha declaração. Quem sabe, depois de se acostumar com a ideia, e me vendo com outros olhos, ela esquecesse de vez aquele amor bandido?

Para me aproximar, desenvolvi outras maneiras. Um dia, mandei flores para a sua casa. No outro, levei-lhe um tipo de chocolate que ela adorava, mas que era difícil de achar, e que por sorte encontrei numa doceria artesanal. Passei a chamá-la para sair. Ela aceitava quase sempre. E sempre que aceitava nos divertíamos muito um com o outro; afinal, tínhamos um bocado de coisas em comum. Íamos ao cinema, ou comer fora, ou apenas tomar um chope. Mas ela nunca me dava certeza de já estar pronta, ou melhor, nunca me dava a certeza de que aceitaria, da próxima vez que eu tentasse beijá-la. Então eu esperava o momento, pacientemente, dando demonstrações de que aceitava sua demora em esquecer o maldito sujeito.

Assim passou o segundo semestre. Durante todo esse tempo, em várias circunstâncias, quase fiquei desesperado de amor, como se eu tivesse um caminhão de coisas para dizer e não tivesse boca por onde as palavras pudessem sair. Estávamos prometidos um ao outro, eu achava, mas sem data para a promessa se cumprir.

No fim do ano letivo, veio a festa de formatura do colégio. Todo o pré-vestibular, o que significava as três turmas inteiras — humanidades, biológicas e exatas —, iria a uma cerimônia promovida pelo próprio colégio, no auditório de um hotel famoso da cidade. Cada turma, para essa noite, deveria escolher como oradores um aluno representante e um paraninfo. (Sempre achei esse nome engraçado; parece se referir a uma criatura da floresta, daquelas que aparecem nos contos de fadas, e não a um professor escolhido para discursar pelos alunos.) Na turma de humanidades, o representante escolhido fui eu, porque falava bem, e, como paraninfo, elegemos o professor de história.

Terminada a cerimônia mais formal, uma boate havia sido alugada para uma festa exclusiva dos alunos. Depois sairíamos de férias, e cada um iria recomeçar o ano numa faculdade diferente.

Ainda não tínhamos os resultados do vestibular, mas, se tudo desse certo, infelizmente, eu iria estudar em um canto da cidade e a Ana Paula, em outro. Aquela noite, portanto, era a minha última chance antes da vida nova.

O traje exigido para a cerimônia oficial era terno e gravata. Fui comprar o meu primeiro terno. Em seguida, caprichei na redação do discurso.

Quando meus pais e eu chegamos ao hotel, o salão estava cheio. Garçons rodavam com suas bandejas de canapés e refrigerantes. Os meus colegas estavam lá, e como alguns deles eram filhos de ex-colegas dos meus pais, que também tinham estudado no mesmo colégio, foi uma enturmação geral. O ambiente estava muito agitado e, dentro de mim, borbulhava uma expectativa gigante.

Então a Ana Paula chegou, linda, com o cabelo preso e maquiada, como eu nunca a tinha visto antes. Seus pais, a quem eu conhecia somente pelo telefone, foram muito simpáticos comigo, sobretudo a mãe. Fiquei com a impressão de que, indiretamente, ela estava me dizendo para não desistir de sua filha.

Depois de meia hora de aquecimento social, nos dirigimos até o auditório. Eu e os demais oradores fomos instruídos a sentar na primeira fileira. O clima geral, antes descontraído e alegre, ficou um pouco tenso.

O mestre de cerimônias era o diretor do colégio, que agradeceu a presença de todos e deu início à sessão de discursos, chamando o paraninfo da turma de biológicas. Depois veio o aluno representante deles, que deu lugar aos oradores da turma de exatas, que por sua vez foram sucedidos pelo nosso paraninfo. Então chegou a minha vez de subir ao palco.

Comecei meu discurso confiante. Aos poucos, percebi que estava agradando a plateia. Minha mãe, claro, àquela altura já chorava de emoção.

Enquanto ia falando, vi entrar no auditório um sujeito que eu não conhecia. Embora ele tivesse mais ou menos a nossa idade, não era do nosso ano, com certeza, pois eu nunca tinha visto a sua cara antes. E também não estava de terno, só de camisa social. Achei estranho, mas continuei a discursar, enquanto o desconhecido procurava uma cadeira livre.

Nesse instante percebi que o lugar ao lado da Ana Paula

ficara vazio. Não era uma coincidência. O recém-chegado a localizou de longe e ela o chamou para sentar ao seu lado. Eu gaguejei pela primeira vez no meu discurso. Com o beijo na boca que deram, fiquei completamente tonto no meio do palco.

Encerrei meu discurso todo atrapalhado. Pulei um bom pedaço, pois não queria mais ficar com tanta gente me olhando. A minha autoconfiança desapareceu, e toda a alegria por finalmente ter chegado ao fim do colégio se desfez. Voltei para a minha cadeira derrotado, como alguém que acaba de acordar para a dura realidade.

Terminados os discursos regulamentares, o diretor do colégio subiu ao palco e chamou até lá um antigo professor, que aparecera de surpresa na festa. E veio um homem gordo, engravatado, com um rosto vagamente familiar.

O convidado especial então deu início à sua discurseira extra. No começo, pensei que fosse morrer sufocado. Ele falava devagar e dava a impressão de que iria demorar horas falando. O homem contou quem era, quando tinha dado aula no colégio, o que aquela fase de sua vida representara, o que o próprio colégio significava para a história da educação na cidade, citou nomes de pessoas famosas que haviam estudado lá, essas coisas. Eu não prestava muita atenção, não conseguia. Nem estava fazendo questão, aliás, longe disso. Pescava os assuntos por alto, assim como estou contando. Só conseguia pensar no meu sofrimento, sentindo-me perdido num redemoinho doloroso e humilhante. Meu único desejo era que aquela cerimônia acabasse logo. De vez em quando eu virava o rosto e via a menina mais linda da festa, minha ex-melhor amiga, me cravando uma faca nas costas. Era o mesmo cara que a tinha esnobado por meses e meses a fio? Era outro? Não fazia diferença. O que fazia diferença era: quando haviam ficado juntos? Como? E quanto?

Não. Pensando bem, nem isso fazia diferença. Mas era impossível não pensar. Eu me torturava em silêncio, com as piores fantasias. Por muito tempo fiquei assim, invadindo com a minha imaginação a intimidade dos dois. Mas uma hora, inesperadamente, uma frase no discurso do convidado especial se misturou aos meus pensamentos, como que me despertando:

— Vocês estão aí, alegres, trocando seus telefones com os amigos, combinando desde já encontros regulares, começando namoros, prometendo que nunca deixarão de se ver, que nunca perderão contato...

Por estranho que pareça, o meu interesse por aquela frase vinha da ironia da situação. O que ele estava descrevendo era exatamente o contrário do que eu vivia. Todas as pessoas da minha idade presentes na cerimônia sentiam aquilo, mas eu sentia o oposto. O meu maior sonho naquele momento era nunca mais ver ninguém dali, da minha turma, daquele colégio. A única coisa que eu queria era partir para uma vida completamente nova, e esquecer tudo, absolutamente tudo.

Enquanto eu embarcava nesses sentimentos horríveis, o ex-professor continuou:

— Mas é inútil, eu lamento informar. Vocês vão se distanciar uns dos outros.

Como? Mesmo engolido no meu turbilhão particular, achei aquela última frase estranha. Tive a impressão de não ouvir bem, e acho que todo mundo teve igual. O sujeito deu uma de estraga-prazeres, ou foi impressão?

Por mim, até que tudo bem. A minha noite já tinha ido pras cucuias, de qualquer jeito. Mas o resto do pessoal estava no auge da animação, e de repente esse convidado-surpresa ameaçava jogar um balde de água fria coletivo.

Antes que alguém entendesse o que estava acontecendo, o tal professor seguiu adiante:

— Vocês vão se perder de vista, sim. E o tempo para ver os

ex-colegas de colégio não vai existir. Os papéis com os telefones que vocês acabam de anotar vão sumir como que por encanto. Crescer é, de certa forma, se separar das pessoas amadas.

Eu sentia como se ele estivesse falando para mim. Era estranho, mas ouvir aquelas frases meio depressivas me fez um bem repentino. Olhei em volta, e entendi que era o único que estava gostando. Todas as outras pessoas se entreolhavam, pareciam incomodadas com o discurso.

Mas isso não impediu o velho professor de continuar:

— Vocês vão descobrir, na carne, que sentir, nessa vida, é sentir o tempo indo embora.

Fiquei impressionado. Naquela noite, era mesmo como se um bom tempo da minha vida estivesse indo embora, para sempre e para muito longe.

O homem foi em frente:

— Alguns momentos, algumas coisas, ou pessoas, cheiros, visões, objetos e lembranças, nos põem em contato com o passar do tempo. Tudo o que nos emociona, tudo o que nos toca fundo, é o tempo chegando e indo embora. Se eu pudesse dar um conselho a vocês, eu diria: não queiram nunca ser eternamente jovens; gostar de viver é gostar de sentir, e gostar de sentir é, necessariamente, gostar de envelhecer.

Olhei em volta de novo. As pessoas pareciam embasbacadas. Umas engoliam em seco, outras estavam com a boca aberta. Minha mãe continuava chorando. Ninguém entendia por que tanto drama numa hora de festa.

Vendo aquilo, confesso, quase soltei uma gargalhada. Aquele homem estava fazendo o antidiscurso. Estava falando exatamente o que ninguém queria ouvir.

Nessa hora, para meu espanto mais radical, ele disse:

— Certa vez, diante dos meus olhos, um único livro fez um rapaz de dezesseis anos envelhecer dois anos em poucas horas!

Ouvi aquilo, e pensei... sim! Meu Deus! Era o velho que viera falar comigo no aeroporto, um ano atrás! Eu não o tinha reconhecido; agora estava sem barba. No entanto, era ele, com certeza.

Claro que na festa de gala o seu figurino era bem outro. Por isso demorei tanto a me dar conta. Não tinha mais boina de veludo, nem o sobretudo, nem a cara de diretor de teatro alternativo. Ele parecia um professor meio gênio.

Enquanto eu ainda me recuperava do susto, ele continuou atirando para todos os lados:

— A vida, para uns, será mais suave; para outros, mais dura. Às vezes por castigo, às vezes por acaso.

Curioso ouvir coisas como aquelas, em alto e bom som, e numa noite de festa. Mesmo me achando um egoísta horrível, percebi que graças àquele homem eu ia ficando à vontade novamente. Todos tinham tido seu momento de euforia congelado, assim como, um pouco antes, acontecera comigo. A pior coisa para qualquer adolescente é se achar a única pessoa infeliz da face da Terra.

E o discurso indigesto recomeçou:

— Falem com o tempo. Conversem com ele. Fiquem íntimos dele. O tempo é a nossa única companhia garantida até o último instante.

Àquela altura, eu podia sentir todo mundo querendo distância do homem.

E ri. Bem baixinho, mas não aguentei segurar. O orador misterioso, como eu estava sentado muito na frente, na hora me deu uma olhada repressora. Fiz cara de sério outra vez. Ainda bem que só ele percebeu. E então fechou seu discurso:

— Sejam orgulhosos na derrota, e bondosos na vitória. Muito obrigado.

O homem foi andando para trás e saindo do palco, tranquilamente, pela coxia. Por um instante, o auditório ficou em silêncio. O diretor do colégio, com cara de tonto, sem saber como desfazer o mal-estar que o discurso do seu convidado provocara, finalmente se mexeu. Foi para junto do microfone, mas empacou de novo. Até que, super sem graça, puxou umas palmas assustadas.

Eu fui o primeiro a imitá-lo. Só que aplaudi mesmo, com muita convicção. Aquele discurso tinha lavado a minha alma. Pouco me importava que, em poucos minutos, todos os pais e os meus colegas estariam refeitos da fala meio macabra que tínhamos ouvido. Pouco me importava que dali do hotel os meus colegas iriam para a festa na boate, cada um com o seu namorado ou namorada, e que eles iriam dançar, se abraçar, se beijar. Pouco me importava que eu não podia mais ir àquela festa, pois não suportaria ficar olhando...

Nada disso era importante. Com o que presenciei naquela noite e, depois, com o que escutei, a primeira parte da minha vida acabou para sempre.

4. Cérebro neutro

Entrei na faculdade de história, que havia sido a minha matéria preferida durante todo o colégio.

Mas, contrariando as expectativas, o curso me deixou na maior crise. Eu vivia procurando algum tema pelo qual me apaixonasse de corpo e alma. Gostava um pouco da Antiguidade — Egito, Grécia, Roma etc. —, mas, por outro lado, não me imaginava indo escavar caquinho de vaso no meio do deserto pelo resto da vida. Gostava um pouco da Idade Média, mas logo vi que nunca ia aprender latim, e que sem isso me pretender medievalista era, na minha opinião, como se dizer dono do Pão de Açúcar. Uma picaretagem. E o mesmo acontecia com todos os outros períodos e disciplinas — o Renascimento, o Iluminismo, os séculos XIX e XX, teoria e metodologia de história. Tudo era interessante, por alto, mas nada me apaixonava a ponto de eu querer me tornar um especialista no assunto. Sempre tinha algum pré-requisito indispensável que eu não estava a fim de atender. Se ia pesquisar em bibliotecas, sentia um sono miserável. Se ia ler documentos antigos, não entendia bulhufas daquele português arrevesado. Se os teóricos escreviam muito enrolado, eu os achava mortalmente chatos. Comecei a acreditar que tinha escolhido a faculdade errada. Só não conseguia pensar em alguma outra, pois todas me interessavam ainda menos.

Um segundo problema me fazia suspeitar que eu não dava para historiador. Havia, em mim, digamos, uma flexibilidade mental excessiva. Se eu lesse um livro sobre d. Pedro I, e nesse livro o historiador apresentasse a tese de que ele foi um excelente imperador, eu acreditava. Mas, se na semana seguinte eu lesse outro livro, de outro historiador, sobre o mesmo assunto, mas dizendo exatamente o contrário, eu acreditava também!

Morria de inveja quando meus colegas polemizavam entre si, e os assistia criticando passagens, confrontando hipóteses, tendo ideias próprias sobre o que liam, fazendo combinações lógicas entre livros diferentes e desprezando as interpretações que não se encaixavam com suas opiniões sobre determinado período histórico. Eu bem que tentava fazer igual, mas meus colegas me pegavam sempre em contradição; ou então, em dois palitos, me provavam por A mais B que o autor que eu citava era um zero à esquerda. Meu argumento de defesa, nessas ocasiões, era totalmente anticientífico: "Ah, mas e daí que as ideias estejam erradas? O cara as defende tão bem!". Meus colegas ficavam sem saber se eu estava falando sério. Nem eu sabia.

Era como se, ao entrarmos em contato com uma obra, eles procurassem a verdade histórica, mesmo. Como se valorizassem, num livro, as bases e os documentos históricos nos quais a hipótese do autor se apoiava. Enquanto eu me atinha, ingenuamente, a sua capacidade de convencimento, à maneira como ele expunha seu raciocínio. A engenhosidade dos argumentos era mais importante, não as teses em si. Dá pra entender?

De tudo que a faculdade me deu, apenas de uma coisa eu gostava sem crise: comprar livros. Mesmo quando não fosse lê-los, gostava de comprá-los. Não sabia bem por quê. Um dos meus programas preferidos era ir ao centro da cidade visitar os sebos, beijar as boquinhas de livros usados e comprá-los. Comprava um monte de cada vez. Muitos eu acabaria guardando intocados, mas tudo bem. Era uma compulsão, eu não lutava contra. Sabia que era besteira, mas não conseguia, nem queria, evitar. Ou me encantava a ideia de como seria bom *ter lido* tal livro, ou pensava que ele ainda me podia ser útil no futuro.

Uma vez, numa dessas farras lítero-consumistas, encontrei por acaso meu professor de história do pré-vestibular, que na minha festa de formatura havia sido o paraninfo da turma de humanidades. Aquela noite maldita acontecera dois anos atrás, e não tínhamos nos visto todo esse tempo. Seu nome era Azevedo.

Ficamos por ali, ainda na livraria, e depois fomos tomar um café. Animado com o reencontro, confessei-lhe meus dilemas universitários e os ligados a minha própria estrutura mental, que parecia avessa à do bom professor de história.

Ele riu quando eu usei essa expressão, e perguntou:

— E como é a estrutura mental de um professor de história?

— Organizada, com ideias próprias, que não se deixa envolver pelos argumentos do outro, que tem consciência crítica firme, orientada, enfim, que pensa enquanto lê.

Eu sentia que, aos vinte anos, ainda era atacado pela preguiça mental da minha infância, minha perseguidora implacável. Tanto tempo tinha passado, desde as sessões poéticas da minha mãe, mas eu continuava igual. Quase lá, mas prejudicado pela inconsistência da minha massa cinzenta (e bota cinzenta nisso).

O Azevedo, com seus olhos bem pretos atrás dos óculos, tentando me entender, ouvia com uma cara engraçada. Quando terminei, ele disse:

— Eu sei exatamente o que você está vivendo.

Então me contou que fizera vestibular de direito, e passara

por uma crise semelhante à minha, até se descobrir professor de história.

Eu respondi, agradecido pelos consolos, mas pesaroso com as conclusões que me traziam:

— E você mudou, né...? Ou seja, abandonou a faculdade que tinha escolhido.

— Eu não disse que era para você abandonar o curso — ele negou.

Caímos em silêncio por um instante. Eu retomei o assunto:

— Tá bom, mas e se eu concluir que não dou mesmo pra historiador. Que outra coisa eu poderia ser? Não tenho nenhuma profissão na cabeça. Não quero ser advogado, nem médico, nem coisa nenhuma.

Ele disse o que se pode dizer para alguém naquela situação, ou seja, que eu encontraria "o meu caminho", e que a minha crise era normal:

— Você vai descobrir.

— Como? Sem experimentar as outras profissões? Vou é ficar a vida inteira na dúvida.

O Azevedo riu, espantado com o exagero. Eu nem me abalei, e disse:

— Sério. É a pior maldição, ignorar o que é melhor pra própria vida.

Ele tentou me acalmar:

— Você só tem vinte anos...

Eu agradecia as frases solidárias, mas realmente não estavam fazendo efeito. Uma pessoa aos vinte anos pode estar à beira da morte e não saber. Eu precisava de argumentos mais sólidos, de motivos mais específicos para a minha felicidade, e fui buscá-los, perguntando:

— Como você descobriu que queria ser professor de história?

O Azevedo pôs um pouco de saudade na voz e me contou:

— Conheci um professor no curso de história do direito. Ele tinha uma erudição imensa, e ao mesmo tempo era tão divertido. Quando finalmente tomei coragem para pedir sua opinião sobre a minha crise com a faculdade, em uma única conversa tudo se esclareceu.
— Você não tem um professor desses pra me emprestar, por acaso?
Ele então lembrou:
— Você o conhece, aliás. Estava na formatura do seu ano; fez o discurso final.

Aquele velho estranho no meu caminho outra vez! Primeiro no aeroporto, depois na minha formatura, e agora...
Parecia intencional. Se não tivesse acontecido comigo, eu diria que tanta coincidência era impossível.
Seu nome era Nabuco. Parece que o pai dele também havia sido um grande historiador, talvez daí ter colocado esse nome extravagante no filho. Quando o Azevedo foi seu aluno, 25 anos atrás, o professor Carlos Nabuco era um jovem historiador superdotado. Publicara um livro pequeno, mas muito penetrante e bem pesquisado, sobretudo para alguém da sua idade, sobre a corte de d. João VI. Dois-três anos depois, produziu um clássico sobre o período imperial. Foi o auge da carreira. Virou referência antes dos trinta, tudo o que fazia chamava atenção. Ganhou prêmios: da Academia Brasileira de Letras e do Instituto Histórico e Geográfico.
E então, sem estardalhaço, mas evidentemente por opção, havia se desligado de tudo. Envelhecera na solidão. Hoje em dia, seus livros ainda tinham relativa importância, mas não publicara nada de novo fazia séculos. A sua história dava pena. Não orientava mais nenhum aluno, não dava palestras, enfim, tinha se

aposentado para o mundo. Sabia-se que ainda escrevia, ele não escondia isso. Mas dizia que sua produção não poderia interessar a ninguém e, até onde era possível saber, não tinha nenhum confidente no mundinho acadêmico. Fazia aparições, na defesa de tese de alguém, ou no lançamento de um livro. Mas sempre de surpresa. Ninguém sabia como se mantinha tão bem informado sobre os trabalhos em curso, as publicações e a produção das novas safras de historiadores, mas era evidente que acompanhava o movimento. Porém, depois de cada aparição, sumia por meses seguidos, às vezes anos.

E vivia recolhido, incógnito. Para todos os efeitos, como sempre tinha sido solteirão, também vivia sozinho.

— Desde a sua formatura, por exemplo — disse o Azevedo —, eu nunca mais soube de ele aparecer em qualquer evento da área.

Será que o tal Nabuco tinha algum bom conselho para me dar? Achei que valia a pena o repeteco.

Combinamos então que o Azevedo telefonaria primeiro para o misterioso professor, perguntando-lhe se estaria disposto a perder meia horinha comigo. Se o velho topasse, aí eu ligaria e marcaria uma visita.

Depois de nos despedirmos naquele dia, no centro da cidade, e enquanto o ônibus balançava e roncava, me levando de volta para casa, fiquei lembrando da minha formatura. A Ana Paula, tão feliz e linda. Eu, tão miserável. Lembrei das palavras daquele desconhecido, no final da cerimônia, deliciosamente estraga-prazeres. Foi uma bênção. Uma bênção meio perversa, mas e daí?

O Azevedo ligou para o velho professor, como havia prometido. E depois liguei eu, mencionando o Azevedo e combinando uma visita.

Nos dias que antecederam o encontro, fiquei especulando se ele iria lembrar de mim. Afinal, já tinha visto a minha cara duas vezes. Da noite da formatura, com certeza, ele já sabia, pois o Azevedo havia tocado no assunto, ao falar de mim. Eu também ia acabar tocando, era inevitável. E do encontro no aeroporto? Será que lembrava? Eu, mesmo agora já sendo "de maior", por algum motivo ficava sem graça de puxar o assunto.

O professor Nabuco morava num antigo bairro do centro. A rua era pequena, muito tranquila e sem saída, fechada por algumas árvores e pelo mato. Sua casa era um sobrado comum, de dois andares, com telhado antigo e muito charmoso, apesar de meio detonado.

O professor veio pessoalmente atender à campainha. Para o meu espanto, olhou para mim sem me reconhecer, parecendo não atinar o que eu estava fazendo ali. Ficamos nos encarando por um momento.

No limite, me apresentei, mencionei o Azevedo de novo, ainda na entrada, e expliquei em pouquíssimas palavras qual o intuito da minha presença ali. Só então ele me deixou entrar.

Estava de chinelos e pijama de algodão, de mangas e calças compridas. Tinha os cabelos longos e grisalhos. Por um instante, fiquei com medo de ter chegado antes da hora marcada, de ter tirado o homem da cama. Mas logo vi que não. Seus olhos estavam acesos; seu jeito era ágil, enérgico, até meio ofegante.

Ele disparou pela casa adentro, fazendo um sinal com a mão e dizendo, com a voz rouca, quase estrangulada:

— Venha, venha, venha...

Eu, vencendo as cerimônias, fui, fui, fui. À medida que me enfiava pela casa, ia vendo paredes e mais paredes cobertas de livros. Livros de todos os tipos e assuntos. Num só corredor, vi desde manual para a criação de canários até tratado de filosofia clássica. Afora isso, era a casa típica de um solteirão: tudo bagunçado e precisando de uma boa limpeza.

Subimos uma escada íngreme, no fundo do corredor. Ela

nos levou a um jardim de inverno, no topo do sobrado. O telheiro antigo que se enxergava da rua tornara-se apenas decorativo. O que havia ali era uma espécie de bolha de vidro, com armação metálica, funcionando como escritório. Tinha poltronas, uma escrivaninha cheia de papéis, mais prateleiras de livros e um frigobar. Tudo isso fortemente refrigerado por um ar-condicionado matador.

O professor Nabuco pediu-me que sentasse numa das poltronas, e foi para a sua escrivaninha. Novamente o achei ofegante, mas reparei que sua respiração era assim mesmo.

Como se eu não existisse, apanhou um papel e começou a lê-lo em silêncio. Fiquei com cara de paisagem, sem saber se deveria falar alguma coisa ou calar a boca e esperar o velho falar comigo.

Por sorte, ele não demorou muito a fazer isso:

— Então você está em crise com a faculdade?

Aquela era a minha deixa, e eu repeti, de forma sucinta, tudo que havia contado ao Azevedo. Quando terminei, disse que o Azevedo até hoje lhe agradecia por tê-lo ajudado a se resolver profissionalmente, e que eu tinha esperanças de que pudesse ajudar a mim também.

O velho Nabuco ouviu com atenção, pensou um pouco, e disse:

— Quando ajudei o seu professor de história, décadas atrás, ele já era meu aluno há meses. Eu o conhecia bem. Ao senhor, não conheço.

Aquele início tão antipático me fez pensar várias coisas. Vou citar quatro delas: 1) ele me chamou de "senhor"!; 2) vai me despachar daqui a qualquer minuto; 3) isso não é um início antipático, é um fim antipático; 4) se não estava a fim de ajudar, por que me fez perder a viagem?

Antes que eu respondesse alguma besteira, ele continuou:

— Do senhor, sei apenas que riu durante o meu discurso, no dia da sua formatura. Riu exatamente no momento em que eu tinha toda a plateia sob controle — ele fez um gesto espalmando a mão. — Por pouco o senhor não estraga o efeito.

Um choque, ouvir a referência àquele exato instante, na noite da formatura, quando ele me viu achando graça no impacto de suas palavras dramáticas. Mas eu tinha segurado aquele riso tão bem! O tal professor tinha mais do que uma boa memória. E gritou:

— Eu deveria era mandá-lo lamber sabão!

Me encolhi na poltrona, diante daquela violência, pensando em como fazer para sumir dali o mais rápido possível. Imagine se o professor lembrasse do nosso encontro no aeroporto, o que eu não teria de ouvir. Achei melhor engolir o sapo inteirinho. Enquanto ainda empurrava com o dedo, goela abaixo, a sua última perninha borrachenta, falei humildemente, para ganhar tempo:

— Não foi por mal, senhor.

Ele fez que sim com a cabeça, respirando forte, como se me dissesse que sabia disso. E falou:

— Digamos que eu aceite ajudá-lo. Para avaliar seu potencial como historiador, só há um jeito. Não sei se o senhor estará disposto...

— Que jeito?

Ele, com a maior naturalidade, respondeu:

— Eu lhe passo uma tarefa e vejo o que acontece.

Então era isso? Ele queria me passar um deverzinho de casa... Pensei que até seria bom se fosse tão fácil. Acontece que o problema não era "saber fazer", era eu *gostar* de fazer!

Quase me recusei. Ele percebeu, e disse:

— O senhor não tem nada a perder. Se achar que ajuda, leve adiante. Se não, me esqueça e ficamos assim.

Por um bom tempo, fingi estar pensando. Mas não conseguia raciocinar com muita clareza. Apenas perguntei, tentando soar menos submisso:

— Será que estamos falando do mesmo tipo de ajuda, professor?

Ele piscou, respirando com dificuldade. Então sorriu e disse:

— O senhor se expressa bem...

Entendi o que ele quis dizer (que a minha esnobada elegante tinha sido compreendida), mas suspeitei outro sentido em suas palavras. Qual? Nem desconfiei... Contra aquele esquisitôncio, eu ficava em total desvantagem.

— Não testarei apenas seus conhecimentos técnicos — ele disse. — Quero testar o senhor como pessoa...

Eu me assustei com aquela maneira de colocar as coisas. Mas o velho continuou:

— ... para saber se realmente é o caso de o senhor abandonar a faculdade e, se for, que nova profissão o faria feliz.

Ele fez uma pausa, e então perguntou:

— O senhor está preparado para algo assim?

Aquelas palavras foram ditas a distância, sem nenhum afeto, mas pelo menos iam na direção do meu desejo: saber que profissão me faria feliz. Interessado, porém ainda cauteloso, perguntei:

— E qual seria a minha tarefa?

Ele me olhou bem nos olhos e perguntou:

— Você já leu Shakespeare?

Sorri, em dúvida. Quer dizer, eu tinha certeza de que nunca lera o maldito Shakespeare. Minha dúvida era: o velho Nabuco tinha perguntado aquilo por mera coincidência, ou porque lembrara do dia no aeroporto?

Ele ficou me olhando. Era como se me recriminasse por pensar demais. Até que disse:

— Precisa meditar tanto, para responder sim ou não?

Achei melhor não mentir. Se mentisse, ele ia perceber em duas frases.

— Não senhor, nunca li.

Fiquei meio humilhado. Nem sei por quê, afinal, nada demais nunca ter lido Shakespeare. A maioria da humanidade não leu. Por um instante, vi meu pai na minha frente.

Então o professor retomou a palavra:

— Pois eu estou há dois dias enfiado no meu Shakespeare.

Depois de alguns instantes, perguntei, com humildade fingida:

— É alguma nova pesquisa, professor?

— É uma pesquisa, mas não é nova... — ele retrucou, vago.

— E o senhor poderia dizer sobre o que é?

De repente, ele começou a gritar:

— Pare! Pare já com isso! Não suporto ninguém se fingindo de bom moço por mais de cinco minutos. E o senhor já está aqui há dez!

Fiquei sem ação, de novo. O que ele queria que eu fizesse? Chamasse-o de "mano", "veio", "bróder"? A vontade de ir embora bateu outra vez.

Ele respirou fundo, pigarreou e recomeçou:

— Na verdade, é mais uma aposta do que uma pesquisa... Um professor inglês, que conheci pela rede, apostou comigo que eu não conseguiria encontrar as frases-chave em três peças do Shakespeare.

Eu entendi e não entendi. Depois de um instante, deduzi que "rede" queria dizer *internet*. Quanto ao resto, achei melhor perguntar:

— Como assim, frases-chave?

— Frases que resumem tudo.

— Tudo, o quê?

— Tudo o que a peça diz, é claro! — ele exclamou, um pouco irritado. — Para cada peça, uma frase-chave. Entendeu agora?

Sim, eu havia entendido. Entendido e achado a maior idiotice do século!

Ele me apontou secamente uma bandeja com uma jarra de suco, um bule de café e um pote de biscoitos. Por uma questão de educação, tomei café, mastiguei um biscoito e fingi que tinha achado sua proposta de trabalho perfeitamente normal.

Ele me olhou com um certo desânimo. Éramos pessoas muito diferentes... Seus olhos, sempre muito vivos, pareciam transmitir a energia de uma cabeça inquieta, que nunca parava. Só que essa energia era tão intensa que, para mim, dava até paralisia encefálica. Eu já disse que era um preguiçoso mental de nascença, não disse?

Enquanto remoía meus recalques, ele completou aquelas bizarras explicações:

— A minha frase-chave do *Hamlet* era melhor que a dele. Mas a frase-chave que aquele inglesinho metido encontrou no *Macbeth*, a bem da verdade, era muito melhor que a minha. Falta agora a frase-chave decisiva, a do *Rei Lear*. Quer me ajudar a achá-la?

Eu não me conformava com o rumo que aquela conversa tinha tomado. Me sentia em contato com uma patologia muito sofisticada para a minha cabeça. Diante daquele homem, eu ficava indefeso como o ratinho branco no laboratório de um cientista louco.

Ainda tive a "audácia" de perguntar:

— Mas serve eu ler em português?

Ele ficou praticamente ofendido. Levantou a voz:

— Claro que não! O senhor, nessa idade, não aprendeu inglês? Até um caramujo sabe inglês hoje em dia!

— Não é bem assim, professor — me defendi.

— É exatamente assim — ele insistiu, agressivo.

Eu, quase me exaltando também, retruquei:

— Ninguém é obrigado a saber inglês de quinhentos anos atrás!

— Isso é o que o senhor acha!

Meu grito tinha ecoado, mas o dele ecoou um pouco mais alto. O suficiente para acabar com aquela escalada de violência. Nós dois respiramos fundo. Pausa antes do desastre. Ele seguiu em frente, um tom abaixo:

— Tome aqui... — disse, passando-me com firmeza um exemplar do *Rei Lear* —, esta edição é anotada. O que o senhor não encontra nos dicionários, está aí. Coragem. Até o senhor pode conseguir.

Esta nova sequência de antipatia não me passou despercebida, mas aguentei, tentando agir civilizadamente. Sem sucesso, porém. Fui fazer uma pergunta prática, e acabei usando um jeito malcriado para dizer:

— Quanto tempo eu tenho?

Ele suspirou fundo, com um barulho áspero na garganta, botou a mão no peito, com uma leve dificuldade de respirar. Aí me respondeu como se eu fosse uma mula falante:

—Meu filho, eu e aquele inglês fanfarrão fizemos essa aposta há quase uma década. Nós, que somos experts no assunto, levamos três anos para achar as frases do *Macbeth* e cinco para as do *Hamlet*. Faz sentido eu ter pressa com você?

Realmente, pensei, o homem era maluco. Oito anos naquela aposta inútil! Para culminar, eu nem sabia exatamente o que era uma frase-chave. Pedi exemplos, perguntando-lhe quais tinham sido as frases escolhidas nas outras duas peças.

— É melhor o senhor não saber. Já que o seu olho, e o seu cérebro, são completamente neutros, é melhor aproveitá-los deste jeito.

— Neutros...? — perguntei, porque não tinha gostado do tom com que ele falou essa palavra.

O professor nem hesitou em me explicar, com a delicadeza de um rinoceronte:

— Neutro, ora. Neutro é neutro: sem nunca ter lido nada, sem saber nada de nada. Neutro como uma bolotinha fecal boiando n'água.

E foi com esse comentário simpático a respeito da minha pessoa que o miserável se recusou a me dar exemplos de boas frases-chave.

A sorte era o velho professor não estar nem aí para o que eu pensava. Ele se tinha na conta de gênio, quando nem bom da cabeça era, mas foi melhor assim, ou teria percebido o que eu estava achando de tudo aquilo.

Naquele primeiro dia, o professor Nabuco terminou a conversa com uma pose completamente superior:

— Leia o seu Shakespeare. Se acontecer um milagre, me telefone.

5. As primeiras pesquisas

Aceitei fazer o dever de casa aloprado. Por quê? Nem eu sei direito. O velho me tratar como um asno tinha mexido com os meus brios? Tinha feito eu me sentir desafiado, com vontade de provar para ele que era capaz? Pode ser. Mas também pode ser que eu tenha ficado curioso para descobrir até onde ia a sua maluquice. Ou ele, em sua idolatria por Shakespeare, me lembrou o meu pai? Nunca vou saber direito. Simplesmente peguei o *Rei Lear* e fui para casa, orgulhoso e submisso ao mesmo tempo.

Dessa vez consegui ler um pouquinho da peça, com a ajuda dos dicionários e das notas explicativas na edição que o professor havia me emprestado. Mas eu continuava demorando muito, cansando rápido. Minha preguiça mental era crônica. E não deixava de ser estranho me flagrar naquela situação, isto é, procurando uma frase imaginária, numa peça escrita praticamente em outro planeta, por ordem de um alienígena disfarçado de conselheiro excêntrico.

Eu não conseguia gostar de ler aquilo. O "I-Juca-Pirama" era bem melhor que aquele besteirol britânico empolado; o Eça, então, dava de dez... Como já disse alguém, era como se aqueles personagens shakespearianos "cagassem mármore".

Então, enquanto lia aquela joça na minha casa, ou no ônibus para a faculdade, ou no gramado do campus, confesso que tinha uma baita má vontade. Por dias seguidos, eu me senti empurrado num matagal de palavras estranhas, empurrado contra imagens incompreensíveis. Tentei achar uma tradução da peça nas livrarias, mas a que vi era muito ruim, conseguindo o prodígio de ser quase tão incompreensível quanto o texto original. Inútil trabalhar com ela, e igualmente chato.

Não demorou muito e logo fui outra vez desanimando de ler o "meu Shakespeare". Uma bela tarde, quando já estava com o saco na Lua de tanto brigar com as palavras, resolvi distrair a cabeça indo à locadora pegar um filme. Era bem pertinho de casa. Ao chegar lá, diante de tantas capas coloridas e chamativas, meu espírito ficou instantaneamente mais leve. Fiquei olhando as estantes uns bons quinze minutos, sem decidir que filme alugar. Perto da chatura que era a minha tarefa, todos pareciam clássicos da filmografia universal. Mas, se eu havia desistido do Shakespeare, ele não desistira de mim. Na prateleira, bem na minha frente, pulou um *Rei Lear* em DVD.

Em filme, e não em livro, será que dava? Fiquei olhando a caixa um tempo. Um filme com legendas, em apenas duas horas, me daria uma vista geral do texto, sem eu ter que catar milho nos dicionários, ou no inglês impossível do autor.

Com alguma sorte, nesse resumão eu encontraria a frase que concentrava a história toda. Aí, depois, só precisaria pinçá-la no livro em inglês. Era dar uma enganada no velho, claro que sim, mas eu também não queria perder muito tempo com alguém que me chamava de "bolotinha fecal".

Chegando em casa, fui logo para a frente da televisão. Estava hiper bem-disposto para a sessão de "cinema". Feliz da Silva.

E realmente, com o filme, tudo ficou mais simples. No início, continuei estranhando aquele tipo de teatro; o cenário, os atores, o jeito com que falavam. Nunca tinha visto um Shakespeare encenado. Mas, vinte minutos depois, eu já conseguia acompanhar a história. Ou melhor, as histórias.

O *Rei Lear* é uma peça que tem duas histórias, ambas duplamente paralelas. Explicando: as duas histórias são paralelas porque acontecem ao mesmo tempo, e também porque falam dos mesmos assuntos.

A primeira é a de um rei velho que decide se aposentar e dividir o reino entre suas três filhas. A segunda é a de um barão que tem dois filhos; um deles é legítimo, filho da baronesa, e o outro, bastardo, ou seja, filho do barão com alguma mulher que não sua esposa.

O rei, já de miolo meio mole por causa da idade, mete os pés pelas mãos na divisão dos seus domínios e poderes. Dá tudo para as duas filhas puxa-sacos, que no fundo são ultramalvadas, e escorraça da corte a única filha que o ama de verdade. O barão, por sua vez, se deixa enganar pelo filho bastardo, que, para ficar com a herança, joga o pai contra o filho legítimo.

Quando entendi como funcionava essa estrutura de apoio duplo, tudo ficou mais fácil. Parei de confundir os personagens e de me perguntar o tempo todo qual relação um acontecimento tinha com outro. Ao longo da peça acontecem mil e um desdobramentos, mas partem sempre dessas duas tramas básicas. Enquanto assistia ao vídeo, fui ficando animado.

Minha irmã entrou em casa bem naquela hora e me chamou para "uma coisa" no seu quarto. Eu disse que iria mais tarde. O rei Lear ainda estava iludido quanto ao caráter das duas filhas a quem favorecera na divisão do reino. Era apenas o começo da encrenca. Um pouco depois, o sol caiu lá fora, mas eu não quis interromper o filme para acender a luz. A peça já estava pegando fogo. Naquele ponto, o marido cruel de uma das filhas malvadas do rei estava arrancando os olhos do tal barão enganado pelo próprio filho. É isso mesmo que eu disse: o cara arranca os olhos do barão com as próprias mãos e, enquanto os aperta para fora das suas cavidades, ainda grita, como se estivesse espremendo uma espinha: "Sai, geleia nojenta!".

Então a empregada lá de casa veio perguntar se eu queria um suco. Convenhamos; diante de uma barbaridade assim, seria ridículo fazer intervalo para o lanche. Uns personagens cometiam tantas maldades, infligiam tantas dores, e outros sofriam castigos físicos e espirituais tão intensos, que você ou mergulha de cabeça ou larga. Não tem meio-termo, não tem suquinho.

Depois de três horas, eu, pela primeira vez, cheguei ao fim da história. Tinha visto cada coisa de estremecer a alma.

Quando eu digo que cheguei no fim, é no fim mesmo: o rei morre de tristeza, a filha boa morre enforcada, o barão morre porque seu coração explode, o bastardo morre com uma espada na barriga, as duas filhas malvadas morrem, uma envenenada pela outra, que logo depois se suicida com uma faca, o ajudante delas também morre com uma espada na barriga, e o marido malvado de uma delas morre nem lembro como. Dos personagens importantes, só restam em pé o filho legítimo do falecido barão e o ex-marido bonzinho de uma das princesas megeras!

Fiquei chocado com tanta violência, confesso. Não imaginava que já se divertissem com isso há quinhentos anos. Depois de ter ficado tantas vezes imune à força daquela história, finalmente ela havia me atingido.

Por incrível que pareça, fui fisgado pela ideia de tentar resumir em uma única frase tamanha sangueira. Durante duas semanas me empenhei em achar a bendita linha capaz de fazer esse prodígio. Finalmente consegui entender o inglês antigo — não sei se por ter vencido um bloqueio ou se por saber a história de antemão — e cobri quase a peça inteira em uma semana de leitura.

Escarafunchei o texto, tentando absorver o sentido geral do dramalhão. Mas não encontrei a frase mágica.

Na semana seguinte, analisei ato por ato. Também não adiantou. Na terceira semana, destrinchei-a cena por cena. Tampouco tive sucesso. Eu li e reli, virei o *Rei Lear* de cabeça para baixo, e nem sinal da frase fundamental, se é que ela existia. Mas continuei procurando, como se achá-la fosse o único jeito de superar o impacto do filme.

Mais duas semanas se passaram. Durante todo esse tempo, eu não liguei para o professor Nabuco, nem ele para mim. Por um momento, temi que, enquanto eu digeria psicologicamente a carnificina, ralando, queimando a mufa atrás da tal frase, ele talvez já nem lembrasse mais da minha existência. Decidi telefonar. Mas me faltou coragem. Desisti uma, duas, três, quatro, cinco vezes.

Um dia, foi ele quem me ligou, perguntando:

— O senhor leu a peça?

— Li.

— E ainda está vivo?

— Mais ou menos... — falei, admitindo que ela me impressionara profundamente.

Ele fez uma pausa significativa, com sua respiração áspera do outro lado da linha, até que disse:

— Tenho uma nova pesquisa a fazer, e preciso do senhor.

— Mas eu ainda nem terminei a primeira.

— Na primeira o senhor pensa, a segunda o senhor faz. Venha hoje, às três da tarde.

Eu estava lá às 2h45, mas era como se fosse outra pessoa. Ao tocar a campainha do sobrado, me senti diferente. É verdade. A peça funcionou para mim como o buraco de uma fechadura interior, por onde eu olhei e vi mil coisas antes escondidas. Nem o bom Juca, nem o bom Eça, ninguém me deu, como o Shakespeare, tamanho soco de humanidade, com tantos vícios, virtudes e sentimentos.

O professor abriu a porta. Aparentemente, não viu nada de diferente em mim. Aliás, mal olhou para a minha cara. Como da outra vez, saiu logo andando em direção ao seu escritório bizarro. Passando pela cozinha, pôs uma bandeja nas minhas mãos e gritou:

— Café, biscoitos!

Quando chegamos na sua bolha de vidro, no topo do sobrado, e nos sentamos, um de frente para o outro, ele foi logo anunciando, orgulhoso:

— É sobre a natureza humana.

— O quê, professor?

— A nova pesquisa.

Por um tempo, fiquei esperando ele completar. Claro que o tema não podia ser bem aquele; como assim?

Estranhamente, não veio nada, e ele ficava sorrindo com um ar satisfeito, como se estivesse tudo muito claro. Isto me deixou bastante contrariado, pois me obrigava a perguntar:

— Desculpe, senhor, mas, a "natureza humana"...? Em que sentido? Em que época?

— Em todos, meu caro, em todas. É uma pesquisa grande.

Ele me olhava seríssimo. Na verdade, mal continha o entusiasmo com o novo tema. Eu, confesso, fiquei com vontade de rir. Rir do absurdo. Ou chorar. Aquela pesquisa era ainda mais louca do que a primeira. Era impossível; e, mesmo que fosse possível, era interminável.

Claro que eu não disse nada do que estava pensando. Já

tinha desistido de criar caso. Eu podia não simpatizar com o velho, ele podia ser um grosso, me chamando de "bolotinha fecal", mas, toda vez que nos encontrávamos, me surpreendia de algum jeito. Me fazia sentir coisas que eu não controlava — no aeroporto, na formatura e, depois, com a tragédia macabra do rei Lear.

Tinha virado uma curiosidade pessoal entender melhor aquele homem, vê-lo mais de perto. Compreender de onde vinha o seu poder de me radiografar e atuar sobre mim. E dessa vez, se aceitasse o convite, eu iria trabalhar no escritório diretamente com ele...

Depois de um tempinho, perguntei:

— Quando começo?

Saí de sua casa naquele dia ainda me acostumando com a ideia de ter aceitado o convite para trabalhar num projeto sem fim. Perdi cinco minutos na calçada diante do sobrado, pensando na vida, imaginando como ia ser.

Então, para minha surpresa, vi o professor saindo de casa e indo comprar flores numa barraca da esquina. Para quem? O velho Nabuco tinha uma namorada? Não devia ser fácil namorar alguém tão maluco quanto ele. E se não fosse para uma namorada, para quem poderia ser o buquê?

O professor não me viu, e saiu andando, com o buquê na mão. Movido por uma curiosidade repentina, irresponsável mesmo, decidi segui-lo. Nunca me imaginei fazendo algo parecido, mas um instinto me alertou para a chance única de descobrir um lado muito secreto da vida do velho Nabuco, e fiquei doido para ver que sentimentos escondidos ele também tinha.

O professor, minutos depois, chegou em frente a um cemitério. Pulei para trás, de susto. As flores não eram para uma namorada, afinal, eram para algum morto; mas quem? Os pais dele? Um irmão? Uma irmã?

Dependendo de quem fosse o defunto, o professor poderia

ser um filho amantíssimo, um irmão traidor arrependido, um tarado sexual, um estelionatário etc. E se o finado fosse um historiador, o mestre do mestre? Ou fosse um concorrente, envenenado e plagiado pelo professor que, agora arrependido, mas famoso graças aos méritos de sua vítima, regularmente pedia perdão diante do seu túmulo? Tudo era possível.

Naquele momento, senti como se eu, ao descobrir o segredo do meu conselheiro excêntrico, estivesse submetendo sua personalidade ao efeito de um prisma, e que várias cores sairiam de dentro dele, em mil direções, decompondo-o. E eu, afinal, entenderia o porquê de seu jeito biruta, de seus atos mais estranhos.

Uma vez no cemitério, fui me esgueirando pelo triste labirinto. A certa altura, ele parou diante de um túmulo, pousou as flores gentilmente sobre a pedra, sentou numa mureta próxima e abaixou a cabeça. Ficou um bom tempo lá. Minutos depois, agiu como se fosse rezar.

Para minha surpresa, vi que não era bem isso. Parecia apenas falar, conversar com quem quer que estivesse enterrado ali. E ficou uns vinte minutos assim. Em seguida, levantou devagar, depositou um beijo no túmulo, arrumou a roupa e, cabisbaixo, começou a se afastar. Quando sumiu por entre as aleias, fui até a lápide. Vi o nome e a fotografia de uma mulher, morta há mais de trinta anos.

Cecília alguma coisa. Quem seria? Até onde eu sabia, o velho Nabuco era um solteirão inveterado...

6. A natureza humana

Finalmente chegou o dia de a nova pesquisa começar. Compareci ao local de trabalho na hora combinada. Estava tão excitado que nem pensei mais na mulher do cemitério. O velho Nabuco, com seu jeito apressado e ofegante, me levou até o corredor e, defronte de uma estante gigantesca, disse, com sua voz rouca:

— Escolha um livro e pode começar.

Olhei para ele quase com medo. O assunto da pesquisa já era vago demais para mim. Se eu ainda não tivesse orientação, ia ficar difícil, muito difícil.

Com os olhos arregalados, e o queixo caído, perguntei:

— Mas qual?

— Qualquer um, meu caro. O bom das pesquisas amplas é que qualquer coisa serve. Aguardo-o em meu escritório.

Dizendo isso, ele subiu as escadas até sua bolha de vidro no alto do sobrado. Ouvi-o tossindo ao longe. Depois de pensar um pouco, diante daquela sequência de prateleiras e lombadas, minha boa e velha preguiça mental me deu uma dica. Para que escolher um livro novo? Por que não começar pelo banho de sangue shakespeariano? Resolvi iniciar a minha pesquisa sobre a "natureza humana" com o *Rei Lear* mesmo.

Chegando no escritório, contei ao professor minha ideia. Ele disfarçou um sorriso, e aprovou. Sugeriu apenas que eu começasse fazendo um retrato de cada personagem: quem era, como agia, qual seu temperamento, que decisões tomava ao longo da peça, quais os resultados dessas decisões etc.

Fui trabalhando; uma, duas, três semanas. Comecei a me divertir. Os personagens eram muito reais. Aos poucos, estabeleci relações próprias com cada um deles. Recriminava os bonzinhos quando erravam, quando eram ingênuos, quando tomavam todo mundo pela própria bondade e, claro, acabavam se ferrando. Compreendia os motivos que levavam os malvados a cometer suas maldades. Alguns eram verdadeiros abismos de emoção.

Um dos que mais me espantaram, por exemplo, foi o tal filho bastardo do barão. Quando começa a história, o irmão legítimo e Edmund, que é o nome do bastardo, já são adultos, e o barão já gosta de ambos igualmente. Mas o próprio pai admite que, durante anos a fio, sentiu vergonha daquele filho concebido fora do casamento. Então, quando o bastardo começa a armar sua intriga, jogando o pai contra o irmão legítimo, sabemos que o barão o manteve longo tempo em segundo plano, escondido, culpado de nascença. Edmund se tornou um adulto perverso, sinistro, e, do seu ponto de vista, com motivo. Trapaceia para conseguir a herança paterna como se estivesse atrás de uma compensação pela humilhação da vida inteira. Como se quisesse provar, para o pai, para o irmão e para o mundo todo, que o destino dos bastardos pode ser melhor que o dos filhos legítimos, que as regras sociais não são um valor absoluto. Ele tem uma luta inteiramente sua. E tem força para lutá-la. Para ele, a natureza humana é mais forte que tudo.

É o que diz, ao menosprezar o poder dos astros...

Esta é a grande tolice do mundo, a de que quando vai mal nossa fortuna — muitas vezes como resultado de nosso próprio comportamento — culpamos pelos nossos desastres o sol, a luz e as estrelas, como se fôssemos vilões por necessidade, tolos por compulsão celeste, safados, bêbados, mentirosos e adúlteros por obediência forçada a influências planetárias; e tudo aquilo em que somos maus, por impacto divino.

... e ao menosprezar as convenções sociais:

Tu, Natureza, és minha deusa; a ti
É que sirvo. Por que havia eu
De respeitar a praga dos bons costumes
e ficar pobre em razão só de leis,
Por ser um ano ou pouco mais moço
Que meu irmão? Bastardo? Inferior?
As minhas proporções são tão corretas,
Minha mente tão fina, a minha forma tão boa,
Quanto o produto da madame honesta.

Esse bastardo, capaz de crimes horríveis para sair da sua condição de filho de segunda classe, de criatura de segunda classe, afirma o livre-arbítrio, este sim, como algo mais forte que as regras do mundo, como a força suprema da vida.

Quando terminei de fazer o seu perfil, fui fisgado por uma sensação desagradável. Estava ao mesmo tempo horrorizado pelas crueldades do Edmund, e extremamente atraído por sua filosofia de vida. Condenava cada um dos seus atos, mas me identificava com a sua ideologia, com todos os seus motivos essenciais. Embora fosse praticamente um monstro humano, alguma coisa nele era um reflexo de mim.

Que irmão mais moço não se sente um pouco bastardo? Um pouco oprimido, pelo irmão que sabe mais, que viu mais coisas, que teve atenção exclusiva dos pais por mais tempo?

Quando criança, eu tinha tanto ciúme da minha irmã mais velha que virei piada na família, por um dia ter reclamado com os meus pais: "Vocês dão tudo pra ela! Óculos, aparelho nos dentes, bota ortopédica, creme contra espinhas, tudo!".

Estudar aquele personagem me fez lembrar tanto da minha infância! Cada cena de briga mortal com a minha irmã! Será que eu, um dia, só por inveja, seria capaz de prejudicar alguém com mentiras? Ou de cometer um crime? Eu achava que não, mas fiquei me vigiando por um tempo.

Minha sorte foi que, ao estudar os personagens positivos, quer dizer, os mocinhos da história, me emocionei igualmente. Kent, o melhor amigo do rei Lear, por exemplo, é esperto, corajoso, sincero, absolutamente fiel, e extremamente afetivo com o pobre velho destronado. Cordélia, a filha cuja bondade é inflexível no começo, depois tem a chance de mostrar como era grande esta bondade. E o próprio Lear, claro.

Há uma cena que foi, para mim, a apoteose de todos os sentimentos bons da peça. Daquelas que, sempre que vejo ou leio, eu choro. E fico em paz comigo mesmo, achando que para tudo há esperança. É quando o rei Lear reencontra a filha boa.

Neste ponto da história, Cordélia virou rainha da França. O seu exército invadiu a Inglaterra, para lutar contra os exércitos das duas irmãs malvadas. Por suas ordens, soldados procuram na floresta o velho rei, que, depois de ter sido abandonado pelas filhas megeras, numa noite de tempestade, foi visto vestido em andrajos, não falando coisa com coisa, ou seja, louco. Ficou assim de tanto sofrimento, por ter se deixado enganar pelas filhas más, por ter sido destronado, expulso e, pior, por ter consciência de que humilhou a única filha que realmente o amava.

Os soldados finalmente o encontram, e o levam ao acampamento onde está Cordélia. Põem-no para dormir, pois os acessos de loucura que teve durante a tempestade lhe roubaram todas as forças. Enquanto descansa, dorme tão profundamente que os soldados lhe dão um banho e trocam suas roupas.

Por um momento, não sabemos como a filha vai reagir ao se deparar com o rei, que foi tão injusto com ela. A dúvida logo desaparece, quando ela chama o médico para conversar. Pela pergunta que lhe faz, pelas recompensas que promete a quem curar seu pai, ficamos sabendo que, de novo, seria capaz de abrir mão de tudo por ele:

— *O que sabe a humanidade*
Para consertar uma razão perdida?
Quem o ajudar fica com as minhas riquezas.

Mas outra dúvida ainda continua martelando: não sabemos se o velho rei, quando acordar, terá recuperado a consciência, ou se ele ficou louco e retardado para sempre. Diz a filha:

— *Ah, bons deuses,*
Curem-lhe a natureza golpeada!
Os sentidos tão soltos, afinal,
Deste meu pai-menino.

Finalmente chega a hora da verdade. Cordélia pede que tragam seu pai. O rei, ainda dormindo, chega num leito, carregado por soldados. Ela se aproxima do leito e o beija na testa:

— *Meu bom pai. Que a saúde coloque*
Nos meus lábios vossa cura, e que este beijo
Pague o mal que a sua alteza
Minhas irmãs fizeram.

O pai pisca os olhos, acordando. Cordélia, por um momento, tem medo de saber a verdade, e pede para que o médico fale com ele. Mas este se recusa, e diz que é melhor se for ela a acordar o velho rei.

A filha então se enche de coragem e pergunta como o pai se sente. Ele responde indo direto ao ponto, ou seja, marcando a diferença entre o seu espírito atormentado e a alma da jovem Cordélia:

— *Você fez mal em me tirar da sepultura.*
A sua alma é abençoada; mas eu
Estou preso numa roda de fogo,
E as minhas lágrimas são de chumbo derretido.

Ao ouvir isso, ela pergunta, investigando a sanidade do pai:

— *O senhor sabe quem eu sou?*

E ele responde, ainda num tom delirante:

— *Sei que você é um espírito. Quando morreu?*

Ao ouvir isso, Cordélia fica na maior aflição, pois conclui que ele ainda está sem juízo. E receia que tenha ficado louco para sempre. O médico, no entanto, pede-lhe que não desista.

Mas o próprio rei, embora machucado por dentro e por fora, parece se interrogar. Chega a se beliscar para saber se está sonhando:

— *Onde estive? Onde estou? É dia claro?*
Eu sofri muito e, creio, morreria
Vendo outro passar pelo que passei.

*Não sei o que dizer. Não juraria
Que estas mãos sejam minhas. Vamos ver.
Eu sinto o beliscão. Quem me dera
Ter certeza da minha condição.*

A filha então começa a se ajoelhar, e pega as mãos do pai, para que, com elas sobre seus cabelos, ele a abençoe:

— *Oh, meu senhor; olhai-me! Que essas mãos
Pousem em mim para dar-me vossa bênção.*

Mas o velho rei Lear se antecipa e, inesperadamente, ajoelha aos pés da filha. Ela se espanta:

— *Mas, de joelhos, não!*

E ele implora, consternado, sem acreditar no que está vendo e sentindo:

— *Por favor, não brinque comigo!
Eu sou um homem muito velho e tolo,
Com mais de oitenta, nem um pouco menos;
E, para ser sincero,
Temo não estar com a mente muito boa.
Devia conhecer você,
Mas hesito, ignorando totalmente
Que lugar é esse, e nem com esforço
Reconheço estas roupas, ou me lembro
onde dormi. Não ria de mim,
Mas acho, tenho certeza, que essa dama
É minha pequena Cordélia.*

Ao reconhecer a filha, o rei encontra novamente a sanidade. A emoção toma conta. Cordélia grita, começando a chorar:

— *E sou, e sou!*

O rei gentilmente protesta contra o choro da filha, como se ela não tivesse do que se lamentar. Não teve culpa de nada, apenas ele era culpado. Admitindo os erros que cometeu, Lear dá por perdido o amor entre os dois, e se entrega ao castigo:

— *São lágrimas?*
Você está chorando? Mas não, nada de pranto, eu peço.
Se você me trouxer veneno, eu o beberei.
Eu sei que você não me ama, as tuas irmãs
me injustiçaram, se bem me lembro.
Você tinha motivo, elas não.

— *Nenhum motivo* — responde Cordélia, aliviada ao ver o pai bom da cabeça e feliz porque finalmente fizeram as pazes.
Então os dois se abraçam e vão saindo de cena, com a filha ajudando o pai a caminhar...

7. Ultrassonografia do amor

Acabado o "meu primeiro Shakespeare", fui para os romances do Eça, novamente seguindo a dica da minha eterna leseira encefálica. Afinal, também eram obras conhecidas. Fichei o Gonçalo Mendes Ramires, que tem uma relação de amor e ódio com sua nobre linhagem familiar; fichei o Jacinto de Tormes, pioneiro das altas tecnologias domésticas parisienses, que acaba se apaixonando por uma camponesa das serras de Portugal; fichei a Juliana, uma empregada ressentida e torturadora (um Edmund de saias), que explora a culpa da patroa que traiu o marido com o primo... Não parei mais. Fui fichando, fichando, fichando. Passei uns três meses assim, até o início das férias.

O professor sabia dos rumos que a minha pesquisa tinha tomado, e ou aprovava ou não falava nada. Eu, então, ia fichando.

Um dia, com seu jeito formal de sempre, ele me avisou:

— Precisarei viajar por uma semana, a partir de amanhã. É necessário que suspendamos nossas atividades pelos próximos sete dias. O senhor tem algum óbice consubstanciado a fazer?

— Quem? Eu...? — gaguejei, pego de surpresa pela pergunta pomposa. — "Consubstanciado"...? Acho que não...

— Ótimo — ele arrematou. — Então ficamos assim. Daqui a oito dias retomaremos as pesquisas.

— Sim, senhor — respondi, me sentindo um aprendiz perfeito, daqueles que não têm vontade própria, que só obedecem. Me sentindo, portanto, um imbecil. E ele percebeu meu desconforto. Eu vi que percebeu.

Talvez por isso, depois de uma longa pausa, tenha dito sua primeira frase amistosa:

— Quero dizer-lhe que venho apreciando nossa convivência científica. Seus perfis psicoliterários contribuem valiosamente para o progresso das pesquisas sobre a "natureza humana".

Além de eu não ter vontade própria, constatei, naquele exato momento, que no fundo estava mendigando a aprovação do professor. Como constatei isso? Pela maneira como agradeci suas palavras, ou seja, todo prosa, vergonhosamente prosa:

— Muito obrigado, professor. Até corei quando disse isso!

Logo, porém, outro pensamento me atacou. Quis emendar minha frase com uma pergunta, mas desisti. Achei melhor guardar as palavras na boca. Ele, como sempre, percebeu, e perguntou:

— O senhor gostaria de acrescentar algo?

— Não. Só "obrigado" mesmo.

Ele me olhou demoradamente. Enfiei a cara no papel e voltei a trabalhar. Na verdade, eu ia dizer que, embora estivesse gostando da pesquisa, ainda não havia sido iluminado por nenhuma grande revelação quanto ao que fazer da minha vida.

Era para isso que o procurara, afinal: eu devia ou não abandonar a faculdade de história? Devia ou não fazer outro vestibular? Devia ou não ficar quieto onde estava?

Oito dias depois, na data marcada para o reinício das pesquisas, toquei a campainha do sobrado. Ninguém veio atender. Estranho... Toquei de novo. Toquei de novo. Ele nunca tinha demorado tanto para abrir. Apesar do jeitão meio ofegante, o professor era ágil, movia-se com urgência. Toquei outra vez, até ouvir um "Já vai!".

Mas — epa! — essa voz não era a do professor! Não era nem voz de homem!

Como pode? Ele nunca recebia ninguém na casa, muito menos mulher. Eu, pelo menos, nunca tinha visto nenhuma, e já frequentava a casa fazia tempo. O professor era totalmente ermitão, recluso, antissocial etc.

Quando a porta se abriu, fiquei impressionado. Quem veio atender, definitivamente, não era homem. Era a menina japonesa mais linda que já vi. O seu rosto tinha a suavidade de um mistério bom. Seus cabelos, muito pretos, muito lisos, brilhavam contra a luz. Seu corpo tinha um jeito esguio de se mexer. A graça viva de um arquipélago distante, que eu nem sabia como tinha chegado até ali.

Não fossem as roupas ocidentais (calça jeans, camiseta e sandália), e o fato de ela falar português, eu imaginaria estar diante de uma princesa oriental.

A menina, vendo que eu estava um pouco tonto, sorriu discretamente e perguntou:

— Pedro?

— É...

— Prazer, Mayumi — e se inclinou para me beijar. Aqueles dois beijinhos, normalmente tão superficiais, meras raspadas de bochecha, fizeram toda a diferença.

— Meu padrinho me falou muito de você — ela disse. Padrinho? Eu conhecia o padrinho dela?

— Quem? — perguntei.

Ela sorriu, tão divertida com o meu espanto que decidiu prolongá-lo um pouco mais:

— Vem cá, estou fazendo o almoço.

E aí girou o corpo, dando os primeiros passos em direção à cozinha. Fui atrás dessa encarnação moderninha da elegância milenar. Eu já estava encantado. Simples assim.

— Você não sabia que o seu mestre tinha uma afilhada? — ela perguntou.

Então era isso mesmo? Instantes atrás, tinha me parecido a coisa mais improvável. Aquele recluso excêntrico, padrinho daquela maravilha?! Soava como uma contradição da natureza. Mas, se a menina estava dizendo...

— O professor é seu padrinho? — perguntei, tirando o último fiapo de dúvida.

— Parentes de sangue é que nós não somos — ela disse, rindo. — Meus pais e ele foram amigos de infância, na cidade onde fui criada.

— E...

Ela não entendeu meu espanto, e disse:

— Como assim "E..."?

— Não são mais amigos? — eu perguntei, brincando.

Ela adquiriu um tom eu não diria triste, mas sério.

— Meus pais morreram num acidente, quando eu era pequena — explicou.

Esmagado pela consciência da minha grosseria, pedi desculpas.

A Mayumi então explicou, sem eu pedir:

— Fui criada pela minha avó, que morreu dois anos atrás. E pelo meu padrinho, claro.

Ao vê-la retomando os preparativos do almoço, ofereci ajuda, que ela agradeceu e recusou. Gentilmente, preferiu que o amador não atrapalhasse. Apontou um banco ao lado. Obedeci, claro.

Eram três da tarde, e já tinha almoçado. Mas, se fosse convidado, almoçaria de novo. Duas, três vezes. Repetindo em cada uma delas. Só para ficar admirando a paisagem humana. Eu era tão explicitamente atormentado, perto do seu jeito contido; tão inábil, perto da sua elegância.

— Meu padrinho é cheio de mistério. Por isso não te contou que eu existia — ela disse.

— O professor é um homem... engraçado — eu respondi, com um sorriso amarelo.

Ela quase deu uma gargalhada, mas segurou a tempo, como uma boa princesa. Então disse, com discreta malícia:

— Esse foi o eufemismo do século...

Ela me olhou com os olhos brilhando, e tive a impressão de que lia os meus pensamentos, exatamente como o professor fazia.

— E onde está o seu padrinho? — perguntei rápido, para disfarçar minha perplexidade.

— Na Bahia. Fomos viajar, de férias. Mas foi convidado por um velho amigo para fazer uma viagem pelo sertão, e acabou adiando a volta uns dias.

— Você veio sozinha?

— Preferi; para matar as saudades da casa.

— E onde vocês estavam? — perguntei, sem pensar.

— Na Bahia — ela repetiu.

— Ah, é...

Ficamos em silêncio. Eu a olhava, embevecido, como se acompanhasse a coreografia de uma bailarina. Ela, nem aí para mim, preparava a salada.

Uma essência feminina que eu não conhecia. Mayumi lavando as folhas verdes, com água escorrendo pelos dedos; cortando os tomates, em rodelas muito vermelhas. E deitando na travessa um fio de azeite, amarelo, luminoso, denso e elegante, como os seus movimentos.

Quando eu pensava em falar alguma coisa, logo pensava também: "Falar pra quê?". Aquela menina, moça, mulher — pois a Mayumi estava justo na fase em que elas vivem todas as fases ao mesmo tempo — era tão encantadora que emocionava.

A comida ficou pronta, e nos sentamos lá mesmo, na mesa da cozinha. Então, liberei minha fome de saber:

— Se você é a afilhada do professor, como é que nunca te vi por aqui?

— Quase não venho. Antes, minha avó morava no interior. Desde que ela morreu, estudo fora, na França.

Ela falava com uma impressionante doçura na voz, mesmo tendo uma história tão sofrida. Falava como se já tivesse perdoado a vida por todos os sofrimentos.

E completou a frase:

— Mas essa casa sempre foi um dos meus lugares preferidos.

— Entendo — eu disse, e era sincero, entendia mesmo. Também tinha essa sensação.

Ela não respondeu.

— O que você estuda? — perguntei, mudando um pouco de assunto.

— Neurologia.

— Nossa! — exclamei, totalmente surpreso.

— Por que o susto?

— Não, nada, é que é uma coisa tão... tão... científica.

Ela riu, e quis saber como eu tinha conhecido o professor. Contei como, e por quê. Depois, com um sorriso, meio doce, meio irônico, ela perguntou:

— E como vai sua pesquisa? O padrinho me disse que você vem fazendo perfis de personagens literários... é isso mesmo?

Contei a ela qual era o tema da nova pesquisa em que estávamos trabalhando, e de como desenvolvi minha metodologia de trabalho. Demonstrei todo o meu entusiasmo em relação aos perfis que vinha fazendo. A Mayumi ouviu, com uma expressão simpática no rosto, mas estranha. Quando terminei, começou a falar:

— Pesquisa sobre a natureza humana? Aposta com shakespearianólogo inglês?

— Não sei onde o professor quer chegar — admiti —, mas estou adorando.

Ela me olhou, deu um sorrisinho e não falou mais nada. Daquele jeito delicado.

De brincadeira, reclamei:

— Não entendi o risinho.

— Então você ainda não entendeu a cabeça do seu "professor" — ela disse, me pegando de surpresa.

Ponto para a Mayumi. Fazendo uma careta, dei o braço a torcer. Ela disse:

— Desculpe, besteira minha.

— Sem problema — respondi. — Ainda tenho outras perguntas idiotas para te fazer.

Então ela fingiu se assustar:

— Quais, por exemplo?

— Por que a França? Desde quando a França é um centro de pesquisas de ponta em neurologia?

— Bom, claro que os Estados Unidos têm centros de pesquisas ainda melhores. Mas meu padrinho achou que Paris, além da especialização, me daria algo mais.

— Como o quê?

— A boa e velha cultura europeia. Você conhece o padrinho...

— É, conheço — eu disse, entendendo aonde ela queria chegar.

— E quando acabam suas férias?

— Daqui a duas semanas.

Duas semanas! Meu coração apitou como uma panela de pressão. A simples ideia de nunca mais vê-la me mostrou, com toda a clareza, que eu fora vítima de um daqueles acidentes do coração, um dos graves, quando você se encanta justamente pela pessoa com quem vai ser mais difícil namorar.

Eu queria para mim a afilhada de, nada mais nada menos, que o intratável, o temperamental, o absolutamente excêntrico professor Nabuco. Como se já não bastasse, ela era neurologista, morava do outro lado do mundo, e iria embora dali a quinze dias! Era sofrimento garantido, pensei. Tentando disfarçar, continuei no assunto profissional:

— E qual a área da neurologia que te interessa?

— O estudo de como as emoções afetam o cérebro das pessoas.

Acho que fiquei olhando para ela, sem nenhuma expressão no rosto, como havia ficado quando o professor me contou o tema da pesquisa para a qual estava me contratando. Ela tinha a mesma capacidade de me surpreender que ele. E assim fiquei, divagando, até a Mayumi perguntar:

— Entendeu?

— Claro que não — eu disse, ainda perplexo. — As emoções fazem mal ao cérebro?

— Eu não disse que fazem mal, eu disse que afetam.

— Ainda não entendi como você estuda isso sendo neurologista, e não psicanalista.

— Minha área de pesquisa se propõe a fotografar as reações no cérebro das pessoas em momentos de grande emoção. Essas reações neurobioquímicas são diferentes no cérebro de uma noiva quando ela se casa, por exemplo, ou no de um pai quando o filho morre.

— Dá para fotografar isso?

— Fazendo ultrassonografias do cérebro, dá. Vendo as áreas que se iluminam de acordo com a emoção.

— E pra que serve?

— Para mil coisas.

— Diz uma.

— No futuro, ao mapear o cérebro das pessoas cientificamente, poderemos saber se o acusado de um crime está mentindo ao se declarar inocente.

Achei aquilo impressionante. Primeiro, porque era impressionante em si, e depois, porque eu não conseguia imaginá-la fazendo algo assim. Parecia um ramo de estudo excessivamente futurista para a minha princesa oriental. Seu interesse no assunto, contudo, era evidentemente sincero.

Depois de um tempinho, até achei graça na oscilação entre a elegância sedutora da gueixa e a praticidade da cientista de ponta. Pensei comigo que, se eu falasse de amor com ela, a Mayumi me ouviria como se eu estivesse falando de uma ocorrência cardíaca, um tipo de enfarte, ou algo assim.

Até o fim do almoço, conversamos também sobre a vida na França, a vida no Brasil, sobre os meus pais, e, lógico, sobre a causa da minha esquizofrenia cotidiana: a faculdade.

O tempo todo, porém, uma coisa não me saiu da cabeça: o prazo fatídico de sua partida. Depois do almoço, fui para o escritório trabalhar com aquela asa negra sobrevoando minha cabeça: míseros quinze dias!

8. Opção difícil

Fomos ao cinema na mesma noite; eu convidei. O tempo até ela ir embora era muito curto, já o filme, longo demais. Mas a sua companhia foi deliciosa. Com a Mayumi do meu lado, até o funcionamento de uma usina de reciclagem de lixo se tornaria um espetáculo digno de ser visto. Quando saímos na rua, o céu estava claro, a brisa estava fresca; e quando fomos jantar, ela riu das minhas piadas. A primeira noite foi a noite das amenidades.

No dia seguinte, fomos ao Jardim Botânico. Lá, o temperamento técnico da minha princesa oriental ficou evidente outra vez, e outra vez me espantou. Ela não apreciava o mundo natural como eu. Ela não sacralizava nada, cientificizava tudo. Eu embarcava na poesia da ignorância. Era um iludido de bom coração. Não perguntava os porquês da natureza, só me deixava deslumbrar.

Quando via uma borboleta azul, especialmente linda, como a que encontrei sobre o canteiro perto do lago, ou um inseto desconhecido, especialmente estranho, meus olhos se maravilhavam como se estivessem diante de um milagre.

A Mayumi, não. Somando seu espírito científico a sua cultura milenar e minimalista, estava atenta a detalhes. Reagia de forma prática ao que tinha diante dos olhos. Quando via um inseto curioso, formulava a composição química da queratina que recobria seu "esqueleto externo".

Eu, quando via uma árvore daquelas gigantescas, que fazem de um homem uma coisinha ridícula, me desmanchava em admiração. Respirava com mais largueza, abrindo os braços, e sentia os raios do sol no meu rosto, como se eu também fosse uma criatura privilegiada pela natureza. É sério. Sempre fui assim, piegas profissional. A Mayumi, diante da mesma árvore, tecia considerações sobre a evolução genética da espécie.

Ela era a fusão perfeita de dois mundos que eu imaginava absolutamente incompatíveis: o cientificismo e a feminilidade. Terminei o passeio impressionado.

Mais tarde, tomando um sorvete de frutas, me ocorreu que aquele meu jeito desbundado de ser talvez estivesse na raiz da crise com a faculdade de história.

— Você acha? — ela perguntou.

— Eu não tenho espírito científico. Não investigo por que as coisas são como são. Eu sinto que elas são, e fico nisso.

— Não parece tão terrível.

— Você que pensa. Quando a gente nasce assim, tem mil crises. Você, por exemplo, com a sua atitude científica, alguma vez já teve crise com a faculdade?

— Pra falar a verdade, não.

— Viu? Você não imagina como é ruim. E a crise nem é o pior.

— Não?

— O pior é ter a crise e não saber por quê.

A Mayumi deu mais um daqueles seus risinhos oblíquos, e não disse nada. Terminamos o sorvete nos olhando, amorosamente nos estudando.

À noite ela iria reencontrar uma velha amiga, e não me convidou para ir junto. Quando a deixei em casa depois da sorveteria, e nos despedimos, não parecia tão animada com o programa. Gostei de pensar que sentiria a minha falta. Marcamos um almoço no dia seguinte. Eu estava decidido a grudar nela o máximo de tempo, até aparecer uma chance de dizer o que estava sentindo. E ela parecia estar achando isso bom.

Nos encontramos por volta do meio-dia. Fomos a um restaurante simpático e baratinho. Aproveitei para perguntar mais sobre o seu trabalho. Queria de fato entender. Queria sentir aquela profissão da mesma maneira com que eu admirava os animais e as plantas do Jardim Botânico. Não consegui inteiramente, confesso, porque era racional demais, tecnológica demais para essa minha cabecinha lesada. Mas, ouvindo-a falar das pesquisas que fazia, não odiei química e biologia pela primeira vez na vida. Num certo momento, senti até uma onda de gratidão pelas ultrassonografias computadorizadas; eram uma invenção inestimável para as ambições imortalizantes da espécie humana. Eu queria viver toda aquela parafernália científica também como uma maravilha da natureza. Eu queria igualar os nossos mundos, evitando qualquer ruído na comunicação.

Não que tivéssemos alguma discordância problemática, mas eu queria afinidade ainda maior do que a da boa convivência entre nossas diferenças. Eu queria apagar as distâncias. A colmeia das abelhas não é uma coisa inacreditavelmente linda e bem bolada? Então por que a ultrassonografia computadorizada não pode ser? Ambas são igualmente criações de criaturas da natureza.

Na terceira noite, fomos ao Teatro Municipal. Sim, pois, apesar das diferenças, tínhamos gostos em comum. Sorvete era um deles. Nós dois achávamos sorvete, sem favor, a melhor sobremesa da história da humanidade. Das hecatombes em homenagem aos deuses gregos, passando pelas orgias dos imperadores romanos, até os menus-degustação dos milionários do mercado financeiro, nenhum produto do hedonismo humano jamais ficou tão gostoso quanto sorvete. Sorvete, no nosso modesto entender, era compulsão.

Outro gosto que eu e a Mayumi tínhamos em comum: literatura. Tudo bem que ela não era de ler os clássicos, meus preferidos, e se interessava mais por escritores novos. Uma bela hora, num daqueles primeiros dias, recitei de cabeça, por mera provocação, o começo do *Guarani*, do José de Alencar:

> É o Paquequer: saltando de cascata em cascata, enroscando-se como uma serpente, vai depois se espreguiçar na várzea e embeber no Paraíba, que rola majestosamente em seu vasto leito.

... ela riu e disse que sempre tinha achado José de Alencar uma coisa de outro mundo.

— Você não gosta?

— Eu, não.

— Jura? — perguntei, levemente desapontado.

— Esse tipo de literatura não me diz nada, Pedro.

— Não pode ser. José de Alencar é a maior glória da civilização brasileira depois do Pelé. O amor do índio Peri com a donzela Ceci é o auge do romantismo. Você não é nem um pouquinho romântica?

— Não como eles.

Inconformado com o seu juízo sobre o Alencar, recitei mais um trecho:

> Que sublime linguagem não falavam aqueles olhos inteligentes, animados por um brilhante reflexo de amor e de fidelidade? Que epopeia de sentimento e de abnegação não havia naquela muda e respeitosa contemplação?

— E aí, gostou? — perguntei.
A Mayumi, sorrindo, negou, como uma adulta diante de uma criança tentando impressioná-la:
— Ainda não foi dessa vez.
— Posso continuar tentando?
— Espero que você não se decepcione no final...

Foi a princípio um sorriso que adejou-lhe nos lábios. Depois o sorriso colheu as asas e formou um beijo, por fim o beijo entreabriu-se como uma flor e exalou um suspiro perfumado.

Para minha alegria, quando terminei, ela disse:
— Esse estava quase bonito. Mas o "adejou-lhe" estraga o efeito, é brega.
— Me dá uma última chance? — insisti.
— A última?

Ela embebeu os olhos nos olhos de seu amigo, e lânguida reclinou a loura fronte. O hálito ardente de Peri bafejou-lhe a face. Fez-se no semblante da virgem um ninho de castos rubores e límpidos sorrisos: os lábios abriram como as asas púrpuras de um beijo soltando o voo.

Para um prejudicado mental, até que havia recitado direitinho. Nem sabia que eu lembrava de tanta coisa do *Guarani* (Deus abençoe aquela minha professora de português da oitava série!). Acho que fiquei inspirado, porque a causa era nobre. Olhei para a Mayumi seco por um sinal de aprovação. Foi em vão. Ela, com uma negativa gentil, disse:
— Não existe mais esse tipo de amor, Pedro.
— E desde quando as coisas precisam existir para nos emocionar? — perguntei num impulso, surpreendendo a ela e a mim mesmo com a minha lógica ilógica.

A Mayumi ficou muito séria.

— O que foi? — perguntei, com medo de estar fazendo papel de bobo, ou de chato.

— Nada...

— Como assim?

— De repente percebi — ela fez uma pausa, me olhando — que José de Alencar combina com você.

Então sorriu de um jeito diferente, me envolvendo. Sorri de volta, com o peito cheio de orgulho. Mesmo ela não gostando do *Guarani*, aquilo era um elogio.

Se eu gostava até dos clássicos cafonas, a Mayumi, por sua vez, sempre me recomendava uns poetas contemporâneos desconhecidos. Conhecia vários americanos, por exemplo. Mas gostava sobretudo de um, chamado Raymond Carver. Nas palavras da Mayumi, os contos e poemas que ele havia escrito no final da vida, "inspirados nas coisas mais banais", eram "de partir o coração". Segundo ela, tudo era motivo de emoção no universo literário do gringo: uma lâmpada queimada na casa, uma chuva de granizo no automóvel, uma ida ao supermercado etc.

— Eu prefiro a literatura assim — ela disse. — Mais comum.

Li os poemas do cara (do exemplar dela, uma raridade dos nossos dias). Um sobre o cachorro da filha pequena que morre atropelado, um sobre o arranhão que ele mesmo se fez durante o sono, outro sobre a filha, já adulta e casada, que apanhou do marido e está escondendo o olho roxo atrás dos óculos escuros. Tudo absolutamente possível, nada de imaginação solta, de efeitos estilísticos marcantes.

O que me impressionou, na hora, confesso, foi menos a literatura e mais constatar o quanto aqueles poemas se ajustavam perfeitamente ao espírito da Mayumi. Eram racionais e materialistas, no melhor sentido do termo.

Querendo gostar do que ela gostava tanto quanto ela própria, não me conformei com esta primeira impressão, e fui ler sobre a vida do poeta. Achei um primeiro site na internet. Vou resumir: o tal Raymond Carver era um bebum que atormentou a primeira esposa, perdeu o convívio dos filhos por anos a fio, e se corroeu com uísque e vodca por boa parte da vida; mas, no fim, voltou ao normal graças ao segundo casamento, com uma mulher que também era poeta.

Não me emocionei muito, confesso, com essa trajetória desastrada e tão banal entre escritores. Não sei o que é mais brega e lugar-comum, se os beijos com perfume de pétalas de rosas do José de Alencar ou um escritor maldito e pau-d'água.

Por amor à Mayumi, abri uma segunda tela sobre o tal Carver. E aí eu soube que a grande tragédia não estava onde eu pensei que estava. O segundo golpe que o destino aplicou no infeliz — um câncer de pulmão (o cigarro foi um vício que ele não largou nunca) — me deu a chave para apreciar aqueles poemas corretamente. Eu, no começo da leitura, achei que, quando ele tinha se apaixonado pela segunda mulher, já estava doente e fosse tudo uma questão de tempo. Mas não. Quando eles se conheceram, e casaram, e ela o ajudou a sair da sarjeta, a reconstruir uma vida normal, permitindo que erguesse os olhos do chão outra vez, o cara ainda estava em perfeita saúde. Era realmente uma segunda chance na vida. Então veio o câncer, e ele viveu seus últimos anos como alguém que reencontrou a felicidade tarde demais.

Saber disso me explicou todo aquele sentimento de melancolia que vinha, nos contos e nos poemas, daqueles incidentes tão rotineiros. Melancolia sim, e nostalgia também. Só que não a nostalgia do passado vivido, um tempo doloroso demais para se querer de volta, mas uma nostalgia de um passado não vivido, desperdiçado pelo vício. E uma outra nostalgia, a do futuro interditado pela doença. Por um lado e por outro, um sentimento de desperdício da vida, de perda irrecuperável...

E mais: ao saber das circunstâncias da sua morte, entendi a importância que os pequenos acontecimentos da cidadezinha mais próxima, da vizinhança, da casa, da família e do casal tinham para ele. Era tudo a reconstrução de sua capacidade de ficar sem beber, de viver consciente, de reparar nos outros, de perceber a vida acontecendo, boa ou má. Cada pequena coisa era sempre fascinante, pois tudo fazia parte da alegria de não viver mais anestesiado.

A partir daí, comecei a adorar sua obra. Lembro de um poema que fala disso tudo, e que desde o começo foi um dos meus preferidos. É dele para a mulher que o tirou da sarjeta. Se chama "Para Tess":

Lá fora no estreito o mar ondula branquejando,
como dizem por aqui. Está bravo, e eu feliz
de não estar lá. De ter pescado hoje
na enseada, jogando minha melhor isca pra trás
e pra frente. Não peguei nada. Nenhuma fisgada
sequer, nem uma. Mas foi bom. Foi ótimo!
Eu levava o canivete de seu pai e fui seguido
algum tempo por um cachorro chamado Dixie.
Certas horas me sentia tão feliz que precisava parar
a pesca. Então deitei na beira de olhos fechados,
ouvindo o som que a água fazia,
e o vento no topo das árvores. O mesmo vento
que sopra no estreito, mas diferente, também.
Por um tempo até me deixei imaginar estando morto —
e isso não foi ruim, pelo menos num par
de minutos, até realmente afundar na ideia: Morto.
Enquanto eu deitava ali de olhos fechados,
logo após ter imaginado como poderia ser
se de fato eu não me levantasse mais, pensei em você.

Abri meus olhos então e levantei depressa
e voltei para a minha felicidade outra vez.
Sou grato a você, percebe? E queria te dizer.

Comentei com a Mayumi, sinceramente:
— Eu gostaria de dizer isso a alguém.
Ela sorriu e desviou o olhar. Mas não por timidez, e sim com uma sombra passando no rosto. Naquele momento, ela escondeu alguma coisa de mim.

Lembrei, nesse instante, da mulher misteriosa que o professor tinha ido visitar no cemitério, e perguntei se a Mayumi sabia quem era. Ela, com um ar ainda mais misterioso, disse que não.

Apesar deste seu refugo, que não tinha maior importância, gostei de ver como, em poucos dias, mapeamos as nossas intimidades em várias direções. Era uma vontade imensa de comunicar, de transmitir experiências, de se conhecer em todos os sentidos.

Contando assim, parece piada, mas até de ópera nós falamos. Para a minha sorte, por alguma contradição deliciosamente feminina, ela não tinha por ópera o mesmo sentimento de cafonice que tinha em relação ao José de Alencar. Por isso é que fomos ao Teatro Municipal na terceira noite. E aquela foi a noite da música.

A ópera em cartaz, *Madame Butterfly*, não era das mais apropriadas, e por um motivo muito simples. Contava a história do amor entre um oficial da marinha mercante americana e uma japonesa de alta estirpe. Só que, no Japão do século XIX, misturas assim eram inaceitáveis, e ela, enquanto vive um sonho romântico, vai sacrificando tudo por ele. O oficial então vai embora a trabalho, prometendo voltar. Mas demora muitos anos para fazê-lo e, quando volta, aparece com uma esposa e um filho. A amante japonesa, humilhada e banida por todos, se mata, claro; afinal, ópera é ópera.

Saímos no meio. Não queríamos ver a parte triste, só a boa,

quando os dois se amam e as melodias são ora de uma paixão arrebatadora, ora carícias trocadas de parte a parte. No ponto em que ele volta para os Estados Unidos, fomos até a sacada do teatro, olhar o centro da cidade à noite, a Cinelândia vazia, os postes queimando suas cabeças para iluminar nossos olhos.

Foi quando eu falei com todas as letras que estava apaixonado. Minha vontade, naquele momento, era ser cantor de ópera e mandar ver numa daquelas árias de romantismo arrebatado — mas deixei por menos. A Mayumi me olhou nos olhos e disse:

— O que eu posso te dar, Pedro, não é o que você quer. Hoje, o que você quer é impossível.

— Por que impossível?

— Eu vou embora daqui a pouco...

— Eu espero.

— É muito romântico dizer isso, Pedro. Combina com você. Mas não comigo.

— Porque você luta contra.

— Meus pais morreram. Minha avó morreu. Agora só falta meu padrinho, já chega. Eu não preciso me ligar a mais ninguém, para depois perder essa pessoa de novo.

— Mas quem disse que você vai me perder?

— Você vai ficar esperando até eu voltar da França? Daqui a mais de um ano?

— E por que não?

Ela suspirou. Antes que eu dissesse qualquer coisa, decretou:

— Eu prefiro um amor um pouco menos pesado.

— Você não acredita ou não quer, para não sofrer mais?

— As duas coisas. Tenho minha profissão, minhas pesquisas, assim como você tem a sua. Não basta?

Naquele momento, a Mayumi não era menina, ou moça, era uma mulher completa. Eu, portanto, estava em desvantagem. Diante disso, apelei:

— Você quer envelhecer sozinha?

— Não sozinha. Mas também não envolvida num tipo de amor que exige de mim um sentimento de entrega que não quero mais ter.

Fiquei perplexo com aquela opção de vida. Para mim, já que todos nós temos alguma dependência, que pelo menos seja a dependência dos sentimentos amorosos. O que exatamente ela estava querendo me dizer com "menos pesado", "não posso te dar o que você quer", "não sozinha, mas não me entregando"?

Será que eu entendia a mensagem corretamente? Ela queria ficar comigo também, mas sem compromisso; era isso? Eu estava tão apaixonado que aceitaria qualquer proposta.

Lentamente, aproximei meu rosto e lhe dei um beijo na boca. Ela correspondeu. Instantes depois, fez uma pergunta gentil:

— Você tem certeza de que não vai se arrepender?

— Não. E você, tem?

Ela abaixou os olhos, e disse:

— Tenho.

Sem que ela própria percebesse, seu rosto ficou um pouquinho vermelho, como o das donzelas do José de Alencar.

E nos beijamos de novo. Eu não estava nem aí para o que iria acontecer depois daquela noite. Se na vida real a ópera aconteceria ao inverso — a japonesa é que iria embora prometendo voltar —, paciência. Até a hora do meu suicídio, que pelo menos me deixassem apreciar a música. E depois, quem disse que eu queria prender a borboleta numa moldura?

Fomos para o sobrado vazio. A temperatura tinha caído na rua. Só nós lá dentro da casa imensa. Só nós no quarto dela, vazio também. Silencioso como a rua e a noite, porém muito mais quente, muito mais aconchegante. A lua entrava pela janela e envolvia a Mayumi numa aura suave, como um encanto. Sua pele era cremosa e perfumada. Naquela terceira noite, os nossos corpos também tocaram música.

Será que, no limite, é possível o contato puramente físico? Eu, mesmo que ainda não estivesse apaixonado por ela, naquela noite ficaria. E mesmo que não fosse amor, será que quando ficamos com alguém não estão sempre em jogo centenas ou milhares de emoções? Isso me parecia mais plausível do que a vida sem amor. No fundo, não acreditava na sinceridade dessa opção. Sempre achava que era falta de opção, mais do que qualquer outra coisa.

— Quando fui estudar fora, eu estava noiva — ela sussurrou, como se estivesse ouvindo meus pensamentos, e querendo se explicar.

— Noiva?

— A gente era quase duas crianças. Ele jurou que ia esperar, como você. Mas não esperou...

Eu a abracei, encaixando-me nela embaixo dos lençóis.

— Você vai esquecer tudo o que leu sobre Komatchov — eu disse, acariciando seus cabelos. Ela não sabia de quem eu estava falando, mas riu, entendendo que parte da minha frase era piada.

A terceira noite foi a noite em que conhecemos um novo tipo de felicidade.

No dia seguinte, contei para ela de onde eu havia tirado essa história de Komatchov, ou Komitchev. Foi de um filme que já vi quinhentas e uma mil vezes, chamado *Meias de seda*. Uma russa, agente do Ministério das Artes comunista, é enviada a Paris para resgatar um compositor que se entregou aos prazeres do capitalismo e está fazendo a trilha sonora de um filme de Hollywood. O produtor do tal filme, para impedir que a agente Ninotchka cumpra sua missão, tenta seduzi-la. E uma hora eles conversam sobre o que é o amor. Ele, claro, apela para a beleza da cidade-

-luz, para os mistérios inexplicáveis do coração. Ela, racional, diz que o cientista russo Komatchov provou, acima de qualquer dúvida, que a atração entre um homem e uma mulher é, exclusivamente, uma questão eletromagnética. Quando ouve isso, o produtor dá uma risadinha, e a agente russa fica indignada.
Ela desafia:

— Você não acredita em Komatchov?

E ele responde:

— Não, senhora.

E os dois encerram o diálogo assim:

— Então qual é a sua teoria?
— A minha teoria é que não há teoria.

Quando ouviu essa explicação, a Mayumi riu e disse:
— Eu acredito em Komatchov noventa por cento do tempo. Mas agora estou nos outros dez por cento.

No quarto dia, na quarta noite, no quinto dia, na quinta noite, e no sexto e no sétimo e daí por diante, nem lembro mais o que não fizemos. Aproveitamos cada minuto que tínhamos juntos. Enquanto estava com ela, eu flutuava. Pensava em mil coisas boas. Sobre mim, sobre ela, sobre a vida.

Na véspera da chegada do professor, fomos andar no calçadão da praia. O mar estava calmo. As ruas, vazias. Sentamos num banco, nos olhando de perto, olhando o horizonte ao longe.

Eu tive a ideia de perguntar:

— O seu nome, Mayumi, quer dizer alguma coisa em japonês?

Ela, um pouco envergonhada, disse:
— Todo nome quer...
Quando achei que iria fazer a tradução, ela parou. Insisti:
— Por favor...
Ela me olhou, perguntando se eu fazia mesmo questão. Então, suspirando de brincadeira, explicou:
— Ma quer dizer "de verdade" e Yumi quer dizer "é bonita".
"É bonita de verdade", pensei, rearrumando as palavras na minha cabeça. Nunca a corujice de um pai e de uma mãe foi tão real. Era emocionante vê-la, e pensar que os seus pais, onde quer que estivessem, ficariam felizes ao sentir como havia crescido e realizado seu otimismo. Chegando mais perto, eu disse:
— É linda de morrer...
Ela abaixou o rosto, outra vez prendendo um sorrisinho.
— Você acha que estou exagerando? — perguntei.
— Um pouco...
Tomei coragem, e disse:
— Então agora vou falar sério. Posso?
Uma onda de carinho tomou conta de mim. Ela balançou a cabeça, sabendo tudo o que eu iria dizer, e respondeu:
— Não...
Mas era irresistível. As palavras saíram sozinhas:
— Eu te amo.
Ela ficou em silêncio, emocionada. E disse, quase num gemido:
— Eu tenho a minha vida em Paris.
— Eu sei que você também gosta de mim.
Ela me olhou fundo e acentuou as palavras, como se pedisse para que parássemos de brincar com fogo, isto é, com os nossos sentimentos mais delicados:
— Daqui a poucos dias...
— Você gostaria de ficar no Brasil?

— Você gostaria de ir comigo?
Meus olhos não desgrudavam dela, e de repente foram capturados pelos movimentos da sua boca. E de repente eu não queria ouvir mais nada, falar mais nada, pensar mais nada. Só queria beijá-la, e foi o que eu fiz, interrompendo nossa primeira despedida.

Desde os primeiros dias juntos, gostamos tanto um do outro que ficou difícil me imaginar sozinho depois que ela voltasse para a França. E para ela também, embora fosse mais forte, mais racional, e apesar de nela as desilusões amorosas terem deixado mágoas mais profundas.

Depois daquela conversa na praia, eu, silenciosamente, por telepatia, a cada beijo, a cada abraço, a cada risada que dávamos, vivia pedindo que a Mayumi desistisse da viagem. E ela, por outro lado, mas também silenciosamente, sem nenhum gesto explícito, vivia me pedindo que a acompanhasse. Ela me entendia, eu pressentia seu desejo, mas não tínhamos coragem de falar no assunto.

Eu, se tivesse dinheiro, iria tranquilamente morar em Paris... O nosso amor tinha prazo de validade. Estávamos tristes, e aparentemente conformados. Mas, nos subterrâneos da nossa resignação, sem que tivéssemos planejado, surgiu um fio de esperança, uma fagulha de romance, que dessa vez não atingiu só a mim. Pegou nos dois, e ia contra todas as razões práticas. Podíamos nem falar no assunto, mas que a esperança surgiu, surgiu.

No primeiro dia após a chegada do professor, fui aflito até o sobrado. Será que a Mayumi já teria contado sobre nós? Será que ele estaria com raiva de mim? Será que me proibiria de vê-la? Será que, se ela quisesse ficar, ele a obrigaria a voltar para a França mesmo contra a vontade? Imaginei cenas horríveis.

A Mayumi me recebeu na porta, carinhosa mas com cara de choro. O professor chegou logo, muito ofegante, mas ágil, como sempre, sem nos dar um minuto sozinhos. Carrancudo, pediu a ela que nos deixasse conversar. Conduziu-me ao escritório, trancou-se lá comigo. E me perguntou, na lata:

— Então eu não posso deixar minha afilhada ao seu lado nem por cinco dias, que o senhor já começa a namorá-la?

— Eu me apaixonei, professor — respondi, como se estivesse fazendo um juramento.

— O senhor tem consciência de que ela vai embora daqui a alguns dias?

Lá vinha ele, me esfregando aquele prazo maldito na cara.

— Sim, senhor... — gaguejei. — Eu... — comecei a explicar, mas a simples ideia de perdê-la me fez parar a frase no meio.

— O quê? — ele me apressou, quase agressivo.

— Não deu pra evitar...

Ele bufou, com sua respiração mais pesada do que nunca, e me olhou sério. Parecia me dizer que eu era um menino inconsequente, que meu amor era uma ingenuidade sem tamanho. Por isso não amoleceu, mesmo quando viu que meus olhos ficaram cheios de lágrimas:

— O senhor pretende atrapalhar os estudos dela?

— Não.

— Não?! — ele enfatizou, meio perguntando meio me dando uma bronca.

— Eu jamais faria mal a ela — falei, sem mentir.

— Nem por amor? — ele disse, provocando um longo silêncio entre nós e um curto-circuito na minha cabeça. — É o futuro dela que está em jogo — continuou o professor. — Além de mim, a Mayumi não tem mais ninguém no mundo. E eu sou velho, posso morrer a qualquer momento. Ela sabe disso. Os amores passam, os estudos ficam.

— O meu amor por ela não vai passar.

— Será? — ele perguntou. — E aquela menina de vestido branco, na sua festa de formatura? Onde está agora? Onde está aquele amor todo que você sentia, e que atrapalhou o seu discurso naquela noite?

Ouvir aquilo me deu um arrepio, achei um golpe baixo. Fiquei mal, por saber que ele tinha percebido, e pela maldade de usar como argumento numa hora dessas. Mas ele ainda foi além:

— Na noite da sua formatura, enquanto eu fazia meu discurso, você deu um sorriso malvado. Já que o seu momento estava perdido, você gostou que eu estragasse um pouquinho a festa de todo mundo...

Devo ter ficado extrapálido. Ele foi mais duro comigo do que eu esperava:

— O senhor tem que aprender a ser mais generoso. O amor frustrado não é desculpa para o egoísmo.

Após uma pausa, ele pediu, como se desse uma ordem:

— Prometa-me que não tentará convencer minha afilhada a abandonar os estudos.

Tentei demonstrar que estava me pedindo algo muito doloroso, talvez doloroso demais. Talvez coubesse a mim pedir a ela que ficasse; a ele, proibi-la; e a ela, escolher. Talvez cada um ficasse melhor no seu papel, um contra o outro e todos agindo com as melhores intenções. Abaixei a cabeça, com muita vontade de chorar. Como dói descobrir que a vida é um labirinto.

O professor, de repente, parou. Perdeu seu ar severo. Ficou meio sem jeito, na verdade. Acho que não esperava me ver tão abalado. Devia ter se preparado para uma guerra sem trincheira, e foi pego desprevenido pelo meu choro.

Depois de um tempo, num tom mais suave, ele disse:

— Paciência...

Sua frase não soou como uma ordem, como de costume. Desta vez estava realmente pedindo:

— Se vocês fizerem isso, a Mayumi...

E ele se interrompeu, procurando palavras melhores:

— O que ela estuda é raro aqui no Brasil. Não se desperdiçam chances assim... — o professor começou a falar, mas se interrompeu de novo, e vi que a emoção o engasgara também. Ele abaixou os olhos, suspirando forte, tomando ar e coragem para falar. De repente, disse a coisa mais inesperada:

— Eu gosto de você.

Assustei ao ouvir aquilo. E pela primeira vez me chamando de "você"! Era muita novidade junta. Senti um consolo estranho, e um certo impulso de abraçá-lo.

— Vocês se conheceram um pouco cedo... Mas fazem um lindo casal. Vale a pena esperar.

— Professor... — balbuciei. Ele, porém, me cortou:

— Digo isso por vocês dois. Você também precisa viver outra coisa antes de mergulhar nesse amor.

— Eu?! — exclamei, sem ter ideia do que ele estava falando. — Nada é mais importante.

— Profissionalmente; você não veio até aqui descobrir o que você é?

Desconfiado, sem dizer nada, olhei para o velho Nabuco. Ele, para me amolecer, mas soando sincero, disse:

— Pedro...

Parecia outra pessoa falando, quase afetuosa. O difícil era saber se estava sendo autêntico ao dizer aquelas coisas. E se estivesse só manipulando meu afeto, para me convencer a não criar dificuldades? Estaria realmente falando as coisas para o meu bem? Eu, de minha parte, não queria mentir para ele, e procurava forças para desistir da minha maior paixão.

— Você diz que o seu amor não vai acabar... — ele recomeçou —, então espere os dois anos que faltam até a Mayumi terminar a faculdade, e até você se definir profissionalmente. Se de fato vocês ainda se amarem depois, terão a vida inteira pela frente. E se não se amarem mais, os dois anos não terão tido importância nenhuma.

Fiquei em silêncio. Ele perguntou, querendo uma resposta:
— E então?
— Será que as coisas são bem assim, professor?
— No varejo, pode ser que não. Mas, no atacado, são com certeza.

Eu o olhei, intrigado com aquele jeito de colocar as coisas. Ele se explicou:
— No curto prazo, pode ser que eu esteja errado. Vocês podem mesmo sofrer e ver o amor que os une agora sumir nos próximos dois anos. Mas, no longo prazo, quando a vida tiver caminhado, ou esse sofrimento não existirá mais, ou vocês estarão juntos. De qualquer maneira, a Mayumi terá se beneficiado da formação que a França pode dar, e você, da sua definição profissional. Entende?

— Eu sei — admiti. Àquela altura, digamos que, racionalmente, eu já estava convencido. Muito mais complicado era convencer o meu sentimento.

— E se eu pedir dinheiro para os meus pais? Eu poderia trancar a faculdade e...

O professor me interrompeu, com um gesto negativo da mão:
— Seu desafio está aqui, Pedro. Não fuja dele, nem mesmo por amor.

Ouvindo aquilo, perdi um pouco mais de ânimo. Fiz a pergunta fatal:
— A Mayumi quer voltar para a França?
— Já conversamos sobre isso — o professor respondeu, enigmático.
— E...?
— Ela, no fundo, sabe que é o melhor; portanto, quer voltar sim. Mas sofre. Vocês dois são bons meninos.

Minha cabeça pesou, eu estava abatido. Com a mão no meu ombro, ele disse:

— Eu os estou ajudando a tomar a decisão certa. O tempo joga a favor de vocês.

Só restava me lamentar:

— Sem ela por perto, tenho a sensação de que vou envelhecer dez anos em dois.

Ele tomou um susto ao ouvir aquilo.

— A Mayumi já contou que, quando era pequena, tinha um apelido para mim?

Fiz que não com a cabeça. Aí ele disse:

— "O Fazedor de Velhos".

9. Me fazendo velho

O professor venceu: a Mayumi voltou para a França, eu fiquei. No dia infeliz, fomos levá-la ao aeroporto. Até ele chorou, na hora da última despedida.

Prometemos um ao outro manter contato diário, por carta, telefone, e-mail, pombo-correio, ICQ, MSN, transmissão de pensamento, sinais de fumaça, sei lá.

Num primeiro momento, achei que o vazio dentro de mim iria explodir, por um palito de fósforo, como uma nuvem de gás presa num depósito abandonado.

O professor nunca havia morado sequer na mesma cidade que ela, e portanto talvez não estranhasse demais sua ausência. Contudo, ele dizia, agora era diferente. Desde a morte da avó da Mayumi, sentia-se mais responsável, mais ligado à afilhada. E acrescentou:

— Minha saúde já não é a mesma. Tenho medo de nunca mais vê-la.

Quando ele disse aquilo, desconversei. Disse que estava exagerando. Depois, sem outra opção, eu e ele voltamos ao trabalho. O roto e o esfarrapado.

Fui em frente com meus perfis de personagens. Se não servissem para nada, pelo menos distraíam a cabeça. E o professor seguiu com suas leituras, ainda menos lógicas que as minhas. Só Deus sabia (se é que Ele sabia) onde a nossa pesquisa acabava... Mas o trabalho era uma rota de fuga da ausência.

Eu e a Mayumi cumprimos nossa promessa. Todos os dias alimentávamos a saudade, essa dor deliciosa, e pelo menos uma vez por semana nos falávamos ao telefone. No amor, porém, nada substitui a proximidade física. Sofríamos do mesmo jeito.

Apenas uma coisa boa aquela separação provocou. Entre mim e o professor, a tristeza comum foi criando um clima bem mais amistoso. Ele já não era grosso comigo, nem tão esquisito. E nunca mais me chamou de "senhor". Se não dá para dizer que conversávamos como amigos, de igual para igual — visto que ele era um sábio e eu, uma "bolotinha fecal" —, digo que pelo menos conversávamos como mestre e discípulo, dois seres complementares.

Falávamos sobre tudo. E, claro, falávamos sobre a Mayumi e sobre o amor. Para minha surpresa, o professor falava muito, e muito bem, sobre o assunto. Onde aquele solteirão aprendera tanto a respeito; com a mulher do cemitério?

Ao longo daqueles meses, me ouvindo falar do que sentia pela Mayumi, e ao confirmar o quanto era sincero este sentimento, o velho Nabuco também abriu seu coração. Me falou das histórias da sua infância, da amizade com os pais da Mayumi, do casamento dos dois, da morte na estrada. Me contou como era a avó que a tinha criado. Lembrou dela criança. E, feito quem não quer nada, contou como a Mayumi o apelidara de Fazedor de Velhos.

Foi no escritório, à noite (eu já não tinha horários certos na casa; às vezes até dormia lá), que isso aconteceu:

— Ela estava aborrecida, na festa de um primo mais velho.

Devia ter uns sete anos, e todos os convidados, meninas e meninos, tinham uns quatro anos a mais. Por isso a esnobavam um pouco. Então chegou perto de mim e perguntou: "Padrinho, a festa vai demorar muito?". Eu respondi, propositadamente vago: "Um tempo...". Mas ela não se contentou, e insistiu: "Muito ou pouco?". Sem ter nada melhor para dizer, falei a verdade: "Se você estiver se divertindo, vai demorar pouco. Se você estiver se aborrecendo, vai demorar muito".

Fiz cara de sensibilizado, quando o professor terminou. Fingi que tinha entendido a ligação daquela história com o apelido que a Mayumi lhe dera. Logo, no entanto, achei besteira disfarçar:

— Professor...

— Ainda não acabei.

Ele me olhou, pedindo-me que aprendesse a ter paciência. Então recomeçou:

— Tempos depois, a Mayumi veio me visitar com sua avó. Ainda era pequena, e eu havia comprado um brinquedo novo, para ela ter com o que se distrair quando viesse à minha casa. Mas ela gostou tanto do presente que sentiu vontade de levá-lo embora. Então me perguntou se podia, e eu respondi: "Mas aí, quando você voltar aqui, não terá nada para brincar. Tudo bem?".

Ele fez uma pausa, e eu continuei sem entender a ligação com o misterioso epíteto de "Fazedor de Velhos".

— E a Mayumi levou o brinquedo ou deixou? — perguntei.

— Levou, claro!

Continuei na mesma.

— Legal... — eu disse, saindo pela tangente.

O professor me olhou, sabendo que eu estava fingindo: a história ainda continuava. Ele retomou de onde havia parado.

— Mas, na vez seguinte em que a Mayumi veio me visitar, trouxe o presente de volta. Me lembro até hoje: ela sentou no meu colo, me encarou bem séria e disse, com todas as letrinhas, que eu era um Fazedor de Velhos.

Sorri, imaginando a cena. Nunca tinha visto uma foto da Mayumi criança, mas devia ser, no mínimo, uma bonequinha oriental, irresistível. O professor, no entanto, interrompeu meus pensamentos e continuou a contar:

— Num primeiro momento, aquele apelido não me soou muito bem. "Por que eu sou isso?", perguntei. E ela explicou, com a maior naturalidade: "Porque a Mayumi sente".

Ele me olhou, esperando uma reação. Lamentei muito ter de frustrá-lo:

— Continuo sem entender o apelido, professor.

— Ora, Pedro, é lógico. A Mayumi aceitou a frustração de não ter o brinquedo sempre com ela. Quem aceita frustração, espera, quem espera, pensa. Quem pensa, sente. Quem sente, vive o tempo, e sabe que ele está passando. Portanto, fica mais velho.

— A Mayumi disse isso?! — exclamei, espantado só de imaginar tanta lógica metafísica saindo da boca de uma criança de sete anos.

— Do jeito dela — retrucou o professor. — Ou você não concorda com a minha interpretação?

Por alguns instantes, ruminei a ideia. No final, me convenci. O professor tinha mesmo o poder de nos fazer pensar e de nos fazer sentir coisas estranhas. E conviver com ele dava mesmo a sensação de estar mais velho.

Havia acontecido comigo, desde que trabalhava com ele. Desde que havia lido o *Rei Lear*, "o meu Shakespeare", e começado a colecionar os perfis de personagens. Desde que, pelo bem dela, eu me conformara a esperar dois anos, consciente do passar do tempo graças ao sentimento forte que borbulhava dentro de mim.

Voltamos a trabalhar. Ficamos algumas horas em silêncio. Um fazendo companhia ao outro, mas sem trocar uma palavra. Lendo e escrevendo, simplesmente.

Na manhã seguinte, enquanto eu ainda me espreguiçava diante de um valente café da manhã, o professor apareceu vestido na cozinha do sobrado, pronto para sair.

— O senhor precisa de mim para alguma coisa? — perguntei, na verdade torcendo para que ele dissesse "não". Estava com preguiça de sair de casa àquela hora. Ouvi o que eu queria:

— Não. Pode acordar com calma. Não demoro.

Mas faltou o professor dizer aonde ia, e exatamente por isso fiquei curioso. Deixei-o sair, fingindo estar distraído, mas, quando ele bateu a porta, corri feito um louco da cozinha em direção ao quarto, me vesti a jato e saí atrás. Ainda cheguei na esquina a tempo de vê-lo parando na banquinha de flores e comprando um buquê de rosas amarelas. O mesmo ritual da outra vez.

Segui-o durante um tempo, mas já sabia aonde queria chegar, e não me surpreendi quando voltou ao cemitério. Apesar de toda a intimidade que se havia criado entre nós, este segredo persistia. Quem era a mulher enterrada ali? Que importância tivera na sua vida?

Novamente me esgueirei atrás dele, enquanto tomava o caminho do túmulo de sempre, atravessando aleias silenciosas e cheias de um encanto meio triste. Eu, escondido atrás de outro túmulo, o vi depositar as flores em homenagem à desconhecida. E outra vez ficar conversando com ela. Eu não o ouvia bem, até escutar o meu nome. O meu nome?! Espichei as orelhas, ansioso, e registrei o seguinte:

—... dedicado e dispersivo, como eu, mas cuidadoso com os outros, e cheio de talento para ser feliz.

A essa altura ele parou, pensou um pouco. Eu queria ouvir mais. O professor retomou:

— E gosta da Mayumi, é evidente. Nos últimos meses...

Aí hesitou, encabulado com as próprias palavras. Após uma

pausa, com a respiração mais áspera do que nunca, e pesando muito bem o que iria dizer, declarou:

— Agora tenho dois afilhados.

Imediatamente comecei a chorar. Mas um choro bom, de lágrimas frescas e felizes. Ele estava certo; o velho detestável de antes tinha virado alguém a quem eu estava completamente ligado, por todos os motivos. Assim como um bom padrinho deve ser, ele se tornara um segundo pai para mim, uma referência de intelectual, um modelo de homem.

Mas então, de uma hora para outra, o professor começou a tossir, como se tivesse engasgado. Do meu esconderijo, vi seu rosto ficar vermelho, num afluxo anormal de sangue. Vi que levou a mão ao peito, tentando conter o próprio espasmo. Fiquei assustado, mas hesitei sair do esconderijo. Afinal, sua respiração era naturalmente problemática, e eu já o vira tendo um ou outro acesso de tosse quase como aquele. Além disso, não teria como explicar minha presença ali. Até pensei em fugir correndo. Mas era covardia demais, mesmo para mim. Fiquei esperando que ele melhorasse.

Não foi o que aconteceu. Eu o vi tossir, tossir e ficar cada vez mais engasgado, cada vez mais vermelho, até que suas pálpebras tremelicaram, seus olhos ficaram brancos e seu corpo desabou no chão.

Foi a minha vez de quase ter um troço. Pulei até ele num reflexo, como um gato, com medo de que tivesse morrido fulminado. Ao encostar meu ouvido em seu peito, escutei o coração ainda batendo. Colocando a mão sobre sua boca, senti que respirava, embora com muita dificuldade.

Corri à procura de alguém que me ajudasse, gritando pelo caminho. O vigia do cemitério, apavorado, chamou uma ambulância e foi comigo buscá-lo. Carregamos o professor inconsciente até a beira da rua. O socorro chegou, e entrei com ele na ambulância. Uma vez no hospital, levaram-no para o setor de emergência, sem direito a acompanhante. Fiquei um bom tempo na sala de espera. Só me restava torcer para que o pior não acontecesse.

Finalmente veio um médico, e me explicou que o professor sofrera uma ameaça de parada respiratória, e essa era "a boa notícia".

— Como assim, doutor? — perguntei.

— Foi apenas uma ameaça. Portanto, o ataque que ele teve hoje não provocou nenhum dano irreversível.

Dizem que letra de médico é difícil de entender, mas não é só escrevendo que eles valorizam o monopólio do conhecimento. Fui direto ao ponto:

— E qual é a má notícia?

— A má notícia é que a insuficiência respiratória do seu pai está muito avançada. As radiografias mostram os pulmões definitivamente comprometidos.

Em qualquer outra circunstância teria sido impossível desprezar o fato do médico ter achado que o professor era meu pai. Mas, como a situação era de vida ou morte, não perdi a linha das palavras sérias:

— Definitivamente?

— Sim.

— Não existe nenhum tratamento possível?

— Não.

Aquele homem tinha certezas agressivas, pensei, quase com raiva. E continuei insistindo:

— Nenhum remédio?

— Paliativos, para ele não sofrer com a falta de ar — o doutor explicou. — Broncodilatadores, inalações, doses diárias de oxigênio...

— E quanto tempo se vive com isso?

— Impossível dizer. Seu pai pode viver dez anos, morrer amanhã, ou ir perdendo a capacidade respiratória até simplesmente apagar.

Então um enfermeiro saiu da UTI e avisou que o professor estava voltando a si. O médico me disse que eu poderia entrar com ele, mas só por alguns minutos.

Fiquei com o coração apertado ao chegar naquele ambiente estranho, todo branco, frio, com cheiro de bactéria morta e atulhado de máquinas em volta da cama. Os aparelhos ajudavam o professor a respirar, mas denunciavam sua fragilidade.

Aproximei-me, lento e triste. Temeroso também, pois ele ia acabar sabendo que eu o havia seguido e bisbilhotado a sua intimidade.

Ao me ver junto ao médico, o professor fez uma careta indecifrável.

— O senhor escapou por pouco — começou o doutor. Dirigindo-se a mim, acrescentou:

— Seu filho agiu rápido...

Eu e o professor nos olhamos, agora ele sabendo que eu sabia que ele sabia da minha espionagem. Agora ele frágil e eu saudável. Agora ele precisando mais de mim do que eu dele. E aquele médico nos tratando como pai e filho.

Então o médico disse:

— Vocês podem conversar um minuto — e depois encerrou, frisando: — Mas ele precisa descansar.

Quando nos deixou sozinhos, perguntei ao professor como se sentia. Ele fez uma nova careta, e pareceu muito fraco para falar. Vendo-o naquela situação, pensei na Mayumi. Me senti responsável pelo seu padrinho, moralmente obrigado a não deixar que nada acontecesse com ele. E pensava na amizade que havia surgido entre mim e o velho, tão excêntrica e importante. Um sentimento forte, um tipo de amor. A vida, por um momento, me pareceu igual a uma teia, cujos fios são ao mesmo tempo indestrutíveis e absolutamente delicados.

O professor, talvez estranhando o meu silêncio, fez um esforço extra. Mesmo com a voz fraca, conseguiu falar:

— Cecília...

Achei que ele estava delirando. Mas logo caiu a ficha: era o nome na lápide da mulher misteriosa,

— Estávamos noivos quando ela morreu — continuou o professor, muito rouco e ofegante.

O segredo mais bem guardado de toda uma vida agora era meu também. Fiquei com pena de ele ter que falar em algo tão triste naquele lugar, estando tão doente. Sua voz estava muito emocionada, seus olhos, marejados.

— Depois... — eu disse, tentando poupá-lo.

Mas ele não era homem de evitar emoções, eu já devia ter aprendido. Superando as dificuldades respiratórias, continuou a contar o que precisava contar:

— A lancha bateu nas pedras, e o vidro, estilhaçado...

— Isso é muito triste, professor. Depois o senhor me explica.

Ele fez uma careta de irritação. Eu era sempre cerimonioso demais com tudo que dizia respeito aos sentimentos.

— A morte dela mudou tudo... Meus sonhos, meu jeito...

Ele ficaria bravo se eu continuasse tentando evitar o assunto doloroso, por isso resolvi liberar a minha curiosidade:

— Quando ela morreu?

— Há um século. Mas também acabou de acontecer.

Abaixei a cabeça. Desde a viagem da Mayumi, um ano atrás, eu vivia exatamente este paradoxo. É como se a emoção por alguma coisa nunca se estabilizasse, como se o tempo a que a emoção está ligada não se fixasse, não se deixasse marcar, ou dominar.

— Eu estava no auge... — ele continuou. Depois de tossir, continuou: —... mas era tão indefeso.

— Foi por isso que o senhor decidiu abandonar a profissão de historiador?
Ele piscou os olhos, num gesto afirmativo.
— Eu estava dirigindo. Mas ela...
— O senhor está passando mal?
— O meu peito está ardendo, queimando, como se o vidro estilhaçado da lancha tivesse voltado para me buscar.
Fiz uma careta, só de imaginar aquilo. Para mudar de assunto, resolvi confessar o que me angustiava:
— Eu segui o senhor até o cemitério...
Ele, respirando com dificuldade, balançou a cabeça e abanou a mão trêmula, dando a entender que já sabia, e que este era um dado irrelevante.

Depois daquele ataque quase mortal, expliquei a situação aos meus pais e consegui praticamente me mudar para o sobrado. Eu e o professor passávamos os dias juntos, e muitas noites também, trabalhando e conversando.

Virei meio secretário do velho Nabuco, fazendo um pouco de tudo: filtrando telefonemas, recusando convites, autorizando a reprodução de trechos de seus livros, escrevendo cartas formais, vigiando o horário dos seus remédios (o broncodilatador, o oxigênio etc.).

O professor deu uma melhorada, saiu da cama, retomou a vida. Mas sua saúde agora exigiria sempre cuidados. Nisso, um ano se passou. Um ano inteiro, por incrível que pareça. De repente, faltavam poucos meses para que a Mayumi voltasse.

Um dia o professor me disse que precisávamos ter uma conversa séria.

— Desde quando você trabalha comigo?
— Um ano e uns dois meses.

— Pois quero lhe dizer que já tenho o meu diagnóstico a seu respeito.

— Tem...?

— Acredito ter encontrado o motivo da sua crise com a faculdade de história.

Ele respirou fundo, ajeitou-se na poltrona e sentenciou:

— Você não nasceu para ser um historiador.

Fiquei estático, como se um cogumelo atômico tivesse explodido dentro da minha cabeça.

Ele fez uma pausa para respirar, e continuou:

— O historiador viaja no tempo através de muitas coisas: objetos de uso cotidiano, obras artísticas, certidões de nascimento, títulos de propriedade, inventários, registros policiais, documentos burocráticos, roupas etc. etc. Cada detalhe de uma época o faz apreender as emoções e o universo mental, político, filosófico, estético e social daqueles que a viveram. É o motivo de ser da profissão. Mas as peculiaridades de cada época não provocam isso em você. Estou certo?

— Está — admiti.

E estava mesmo. Tinha toda a razão. Alguns dos documentos que faziam vibrar outros historiadores, que para eles iluminavam mil deduções lógicas sobre o período que estavam estudando, a mim davam zero de informação. Não me vinha nada daqueles manuscritos, enquanto meus colegas recuperavam um mundo. Eu me sentia regando uma planta de plástico, enquanto eles faziam um belíssimo jardim.

O professor, então, prosseguiu:

— O historiador, para entender o homem do passado, precisa recuperar aquilo que é do homem, aquilo que é do seu tempo. E que só existiu ali; naquele homem, naquele tempo, daquele jeito, e nunca mais. Você não é assim. Você deseja passar por cima das diferenças.

Dei um sorriso amarelo. Era uma descrição muito sintética e precisa.

— O tempo, para o historiador, tem divisões claras entre passado, presente e futuro. Para você, no fundo, é como se o ontem e o amanhã não existissem. Passado, presente e futuro são uma coisa só: o presente.

Como aquilo era verdade! Eu era mesmo neuroticamente preocupado em ter consciência do presente, de cada momento vivido. Em outras palavras, eu morria de medo de morrer.

E o velho Nabuco tinha mais verdades, verdades que eu escondia de mim mesmo.

— Quando você pega um livro para ler — disse ele —, sua postura não é a de um cientista. Você não lê primeiro para depois saber se concorda com o que o livro diz ou não. Você já vai para a leitura com a predisposição de aceitar tudo. Você procura sempre o que é comum a você.

Balancei a cabeça, rindo de me ver dissecado com palavras.

— Isto porque você não se propõe a analisar e criticar o autor. Jamais como um "objeto" de estudo. Você se propõe a gostar dele. E de quem você gosta você aceita tudo, menos deslealdade.

Um sabor amargo me veio na boca, e a Ana Paula me veio à lembrança. Por sorte a imagem da Mayumi, luminosa e regeneradora, instantaneamente cauterizou o pensamento ruim.

Como aquele homem podia expressar tão bem meus pensamentos, quando nem eu mesmo os formulava com tanta clareza? O que a sua afilhada estudava cientificamente na França, escaneando o miolo das pessoas e entendendo a ligação entre cérebro e sentimento, era a mesma coisa que o tio fazia aqui, só que por métodos intuitivos. Os dois eram o início de uma dinastia peculiar. Quanto mais íntimas eram as coisas que ele sabia de mim, mais eu seria incapaz de falar sobre elas. Estavam muito fundo. As palavras se perderiam antes de encontrá-las.

— Cheguei a essas conclusões testando você de dois jeitos — retomou o professor, sempre me pegando no contrapé. — Primeiro, inventei a história da aposta com o shakespearianólogo inglês. Com isso, fiz você ler uma obra literária poderosa. Queria testá-lo num outro terreno que não a história. Adotei o estilo cientista louco e temperamental. Depois, inventei uma pesquisa cujo tema era o mais impalpável possível, para te obrigar a trabalhar sem um objetivo definido, e ver como você lidava com essa liberdade.

Ele havia me manipulado, então? Para o meu bem, digamos, mas havia jogado comigo desde o começo. Agora estava claro. Como eu não percebi que havia algo de artificial no seu jeito de ser? O comportamento agressivo do professor era ele encarnando um personagem, e o mesmo valia para suas pesquisas birutas. Tudo tinha sido de caso pensado. Para desviar minha atenção do verdadeiro foco dos testes, para provocar em mim reações e me analisar a partir delas.

Pela minha cara, o velho Nabuco percebeu que eu estava quase em choque. Foi adiante mesmo assim, sem a menor desculpa:

— Historiador você nunca será. E acredito já saber o que você é.

Ele esperou um pouco, fazendo uma pausa para respirar. Pôs a mão no peito, contraindo o rosto, e disse:

— Mas, antes de dar minha palavra final, quero que você passe por um último teste.

10. Voando com a minha sombra

Viajar no tempo, era esse o último teste. Claro que, ao ouvir o professor me pedir aquilo, perguntei-lhe exatamente como imaginava que eu deveria cumprir sua exigência. Ele me olhou com a cara mais plácida do mundo, e disse:

— Ora, e como *eu* vou saber?

Aquela era evidentemente mais uma das suas estratégias enviesadas para me analisar e tirar conclusões a meu respeito. O que continuava sendo um pouco incômodo, não vou negar. Só que agora, dada a nossa amizade, ele não fazia mais o tipo excêntrico raivoso, pelo contrário, era gentil e dava para ver que até se divertia. Era como se estivesse me propondo uma simples charada.

Levei na esportiva. Sempre que eu embarcava nas histórias, no fim a sensação era boa. O professor acabava me mostrando alguma coisa que eu não sabia a respeito de mim mesmo. E, ao me estimular o autoconhecimento, marcava o tempo da minha evolução interior. Era estranhamente prazeroso sofrer a magia do Fazedor de Velhos.

— Não me apareça por aqui durante uma semana. Quero você concentrado em seu teste.

Recolhi minhas coisas, o professor ficou no escritório. Nossa despedida foi quase alegre.

— Divirta-se! — ele me gritou da porta.

No caminho para a casa dos meus pais, sinceramente intrigado, fui me compenetrando da tarefa de resolver aquele enigma: viajar no tempo.

Que novo dado o professor necessitaria para tirar suas conclusões definitivas a respeito da minha vocação profissional? A que outras experiências o Fazedor de Velhos iria me submeter?

Durante os meses e meses que passamos juntos, trabalhando em nossa pesquisa infinita, durante os inumeráveis lanches de suco e biscoito (com direito às variações café-biscoito e café-suco), durante as mil e uma noites que passei em sua casa, enquanto trabalhávamos, conversávamos, ou víamos filmes na televisão (que ele escolhia, claro, para me "ilustrar", como dizia), eu havia falado muito sobre mim. Achei que havia falado tudo. Ele sempre ouviu atentamente. Que informação poderia faltar?

Lembrei de um filme que vi quando criança, chamado A *máquina do tempo*. Naquela história, um cientista inventa a dita-cuja, e faz o que o professor havia me pedido para fazer. Só que vai parar num tempo em que a humanidade está escravizada por uma espécie de raça monstruosa, subterrânea — uns bípedes de pele azulada, cheia de cracas, chifres na cabeça, umas perucas brancas espetadas e olhos de mosca. Lá (como não?), o cientista se apaixona por uma escravinha linda, loura platinada, e dizima as criaturas perversas para salvá-la do perigo.

Até que seria uma boa, inventar uma máquina do tempo...

Pensei também em descobrir alguma mistura de substâncias químicas que me fizesse ter o poder de experimentar o passado de novo, e o futuro antes da hora.

Pensei ainda em dar uma de Super-Homem, girando rapidamente em volta do globo terrestre, mas tão rapidamente que eu alteraria a rotação do planeta, fazendo o tempo voltar ou avançar, conforme o meu desejo. É um fenômeno físico meio fajuto, admito, mas para o Super-Homem dava certo.

No entanto, sonhar com um jeito de viajar no tempo, viajando mesmo, era tomar a charada do velho Nabuco muito ao pé da letra. Óbvio que o professor estava me induzindo a ver a coisa de um jeito misterioso, quando na verdade ela deveria ser perfeitamente prosaica, como na história da frase-chave, ou na pesquisa sobre a natureza humana.

Passou um dia, passaram dois, três, quatro. Nada me pareceu ser exatamente o que o professor queria.

No quinto dia, resolvi apelar. Tudo bem que tínhamos ficado amigos, mas eu não queria chegar para o velho Nabuco de mãos vazias. Comecei a botar no papel algumas lembranças da minha infância. Pelo menos isso eu podia: escrever. Para não dar bandeira de que não tinha ideia de como cumprir aquele último teste. Dei o máximo de vida às minhas lembranças mais antigas, caprichando bastante nos detalhes, pois precisava que o texto passasse a exata emoção das situações que eu ia contando, para usar esta emoção como prova da minha "viagem".

No primeiro episódio sobre o qual escrevi, quis resgatar a histeria presa que me atravessou quando, num jogo de futebol, aos treze anos, caí e, ao levantar a perna, vi meu pé pendurado, balançando pra lá e pra cá.

No segundo, revivi com palavras o susto e o medo de quando uma leoa, num movimento brusco, jogou a cabeçorra e abriu a boca na minha direção. Falando assim, parece um episódio inventado, mas é absolutamente verídico. Ela me lambeu a cara toda. Meus cabelos ficaram em pé, não só de susto, mas por causa da baba grossa que a leoa deixou em mim. Eu tinha ido com minha avó num circo e, depois do espetáculo, o domador me deixara montar na leoa mais mansinha (tive uma avó que conhecia domadores, acreditem se puder).

Ainda escrevi sobre o meu avô preferido, e lembrei dos tempos em que ia passar o fim de semana na casa de um tio, com meus primos e nossos amigos, e coloquei no papel alguns lances do dia a dia na minha casa — meu pai saindo para o trabalho, minha mãe lendo poesias para mim e a minha irmã etc.

Aos poucos, recriar num texto aquelas lembranças todas, felizes ou não, foi me dando uma sensação diferente. Era bom ser quem eu era aos vinte anos, mas por outro lado eu sentia uma saudade imensa do que já vivera. Será que eu trocaria a minha vida atual para voltar no tempo?

Por um lado, lamentei não ser mais criança, meus pais não serem tão jovens. Foi um pouco triste concretizar que certas etapas da minha vida estavam encerradas, e que nada poderia trazê-las de volta.

Para rebater, no papel, essa onda de nostalgia, e também para fazer a segunda parte do meu teste, parti dos episódios que remontavam o meu passado para as fantasias que projetavam o meu futuro. Imaginei que seria mais difícil escrever sobre coisas que ainda não tinham acontecido. Afinal, para isso não bastava um esforço da memória, uma recuperação do real. Eu tinha que interpretar a mim mesmo e aplicar essa interpretação ao longo do tempo.

Mas acabei arrebatado por aquela brincadeira. Comecei imaginando o dia da volta da Mayumi, e como seria quando nos encontrássemos novamente. E a cena imaginada me deu uma alegria, uma esperança, que me esmerei em passar intacta para o texto.

Depois pensei no futuro dos meus pais. Como ia ser no dia em que ficassem realmente velhos? E a minha irmã, como estaria dali a vinte anos? Fui escrevendo, jogando hipóteses nas páginas e, estranhamente, fui me sentindo acompanhado.

Por quem? Por mim mesmo, foi minha primeira explicação.

Mas não era bem eu que estava comigo naquele processo, era uma sombra, uma sensação que o espaço tinha do meu corpo. O passado e o futuro me apareceram aos poucos, como dois focos de luz, que acendiam e apagavam alternadamente, batendo em mim e projetando a minha sombra ora para trás, ora para a frente.

Essa troca constante já me deixou meio atordoado, quando então reparei que a sombra que eu via também não era uma qualquer. Ela tinha independência. Mesmo pregada a mim pelos pés, não reproduzia inteiramente os meus gestos. Tinha movimentos próprios. Eu podia fazê-la andar, mas isso não significava que fosse para o lado que eu queria. Ou então eu queria prosseguir, e a sombra doida me puxava para trás. Ou, por fim, ela se esticava para a frente, me forçando a ver mais, a ver por antecipação, a mergulhar mais no texto que eu escrevia, na curiosidade do mundo, e do meu mundo; enfim, a viver mais e mais rápido do que me permitia o tempo real, meu espaço real.

Foi uma experiência estranha, que começou diante da tela do computador e me jogou num estado de excitação mental absurdo. A sombra tinha uma inquietação contagiante. Tive até sintomas físicos. Um batimento acelerado no coração e um formigamento maluco, que começou nas minhas mãos, foi para os meus braços e chegou até as minhas pernas.

Uma certa hora, de repente, senti um tranco. Era a sombra, despregando de mim e ganhando liberdade total. Ela subiu no ar, enquanto eu dedilhava o teclado. Olhei perplexo para o seu rosto escuro e vazio. Flutuando, ela desceu até mim e pegou a minha mão. A sombra indomável imediatamente me suspendeu como se eu fosse um balão de gás.

Era incrível porque, mesmo estando longe do chão, e ganhando cada vez mais altura com a minha sombra mágica, parecia que os botões do teclado do meu computador continuavam sendo apertados, e sendo apertados por mim.

Saímos voando pela cidade. Anoiteceu num piscar de olhos. Assustado, vi as estrelas mais de perto e senti meu corpo flutuando no ar. Minha sombra, independente, voadora e falante, foi guiando nosso voo.

— Daqui a dez anos — disse ela —, você vai morar ali.

Olhei o edifício que estava apontando, e gostei. Era uma arquitetura generosa, numa rua calma. Me imaginei saindo por aquela portaria, ou chegando em casa depois do trabalho, estacionando o carro em frente ao prédio, voltando a pé do supermercado mais próximo, e mil outras coisas.

Como que numa alucinação, senti naquele passeio a minha viagem para o futuro. Enfeitiçado por uma sombra, lá do alto, fui elaborando imagens e sentimentos por vir.

Passamos pelo bairro onde morava o professor, e vi o sobrado de longe, com a bolha-escritório no alto, ocupando o terraço. Quis descer até lá, saber como ele estaria no futuro, mas a minha sombra me puxou, dizendo:

— Aí, agora, não.

Achei o comentário um pouco "sombrio" mas, considerando de quem vinha, isso era muito natural. Passamos pelo bairro onde moravam os meus pais. As luzes de minha antiga casa estavam acesas. Descemos, e vi que minha mãe estava casada com outro homem. Levei um susto.

— E meu pai? — perguntei para minha guia misteriosa.

— Ele mora ali — e apontou para um edifício próximo. — Também se casou de novo.

Se dependesse de mim, eu poderia pensar mil coisas inesperadas sobre o futuro dos meus pais, mas nunca que fossem se divorciar. Mesmo trabalhando no território dos piores pesadelos, eu teria projetado, por exemplo, uma doença em um deles, ou um acidente de automóvel, jamais isso.

— E ele vai ser feliz?

— Vai — me garantiu a sombra voadora. — Quer ver?

E fomos até o apartamento onde ele morava com sua nova esposa. E vi meu pai, aposentado, ficando mais em casa, fazendo mais companhia à sua nova mulher, tendo crianças em volta que eu não sabia quem eram. Aproveitando a vida como nunca fizera antes.

Imaginei uma nova rotina familiar, comigo já adulto, indo visitar meus pais em dias alternados, almoçando com um no sábado, com outro no domingo. Seria interessante viver essa nova família, expandida, integrada por outras pessoas, e pelos filhos dessas outras pessoas com outros pais e outras mães.

— Ali — apontou a sombra voadora — será a casa da sua irmã.

Olhei para onde ela estava apontando e também me espantei com o que vi. Era uma mansão, uma gigantesca e luxuosa mansão. Piscina, gramados, e muitos carros na garagem.

— Como ela vai ficar tão rica? — perguntei, curioso (e talvez com uma ponta de inveja).

— Você vai ver — falou a mestra de cerimônias.

No futuro, pressenti, o sucesso transformaria minha irmã para melhor. Ela continuaria tendo a força, a inteligência e a determinação de sempre. Só que, não precisando mais provar nada para ninguém, se tornaria também uma alma generosa e suave.

Uma bela hora, minha sombra parou em pleno ar, me segurando ao seu lado, sobre um pátio imenso, de chão batido, que incluía um campo de futebol e era circundado por várias pequenas construções. Olhei, sem entender que casa podia ser aquela. A sombra então me explicou:

— Aqui estuda seu primeiro filho. Olha ele ali.

Quando ela disse isso, a noite virou dia, um dia de sol radiante, e correram sob nós vários meninos e meninas, sorridentes e estridentes, saindo da sala de aula e se espalhando pelo pátio no início do recreio. Senti um carinho profundo por uma daquelas crianças, uma que eu não conhecia ainda. Era estranho, era inexplicável, amar alguém que eu não conhecia, ou melhor, alguém que ainda nem mesmo existia de verdade, mas fui invadido por esse amor irresistível. Quis logo ver o seu rosto, ter uma imagem daquela criança desconhecida e tão importante. Pensar em mim como pai de alguém me deu uma força incrível, a sensação de que eu seria capaz até de voar sozinho.

Fiquei um tempo olhando para as miniaturas de gente que se dividiam em brincadeiras. Umas jogavam bola, outras pulavam elástico, outras batiam figurinhas ou se juntavam em grupinhos simplesmente para conversar. Fiquei, é claro, todo o tempo tentando descobrir qual delas era parecida comigo. Olhei as que estavam no balanço, as que estavam no escorrega, nos bancos do pátio, na cantina, examinei as que estavam jogando futebol. Em qual daqueles pequenos sorrisos eu estava, de alguma forma, continuado? Meu coração se acelerou novamente. Mas estávamos muito alto, muito longe, e eu não conseguia ver suas expressões direito. Finalmente, desisti de adivinhar sozinho, e perguntei:

— Qual delas é o meu filho?

— Você não sabe? — perguntou a sombra, espantada com a minha ignorância.

— Não. Qual é? — eu repeti, ansioso.

— Vamos entrar na sala de aula. Ele fez um desenho para você. Fomos descendo, como dois seres sobrenaturais, como dois Peter Pans modernos. Não sei se estávamos invisíveis ou se vivíamos o tempo e o espaço em outra dimensão, mas o fato é que ninguém parecia se dar conta da nossa existência. Entramos numa das construções em volta do pátio, e vi uma sala de aula parecida com aquelas onde eu havia estudado na minha infância. Os mesmos elementos estavam lá: as carteiras, com lugar para dois alunos, o quadro-negro, os murais de cortiça em todas as paredes, com desenhos muito coloridos pregados com percevejos de metal, prateleiras cheias de peças de barro feitas pelas crianças, várias mochilas penduradas num canto.

Em cima das carteiras, alguns cadernos haviam sido deixados abertos, tamanha fora a pressa dos meninos e meninas em saírem para o recreio. Enquanto eu ia olhando um por um, procurando o desenho do meu filho, tive a sensação de que as teclas do meu computador, lá em casa, muito longe dali, haviam disparado, sozinhas, apertadas agora por mãos invisíveis, imprimindo letras e mais letras, palavras atrás de palavras, na tela do monitor. Aqueles cadernos me faziam lembrar do meu tempo de colégio. Como era igual, e diferente, daquilo que eu via à minha volta! Por eles dava para saber quem era menino, quem era menina, quem era bom aluno, quem era bagunceiro, quem era bagunceiro e bom aluno ao mesmo tempo. Cada caderno trazia estampada a personalidade de seu dono, bastava olhar do jeito certo. Qual seria o do meu filho? A minha imaginação parecia estar explodindo, lançando pedaços para todos os lados, numa profusão de imagens novas, num jorro de sentimentos descontrolados.

Depois de alguns minutos procurando, vi num dos cadernos o desenho de um homem que voava, de mãos dadas com um vulto preto. Fiquei todo arrepiado. Escrita no alto da folha de papel, uma frase louca dizia: "Papai voando com a sua sombra".

— Vamos até o pátio! Quero ver o meu filho! — gritei.

Mas, neste exato segundo, tocou o sinal que anunciava o fim do recreio, a chegada iminente das crianças e da professora. Minha sombra, severa, anunciou:

— Você já viu demais.

Acordei na minha cama, chorando, com a campainha do despertador. Não mais no futuro nem no passado. Era eu, de volta ao presente. Minha sombra havia desaparecido. Por que eu chorava? Difícil explicar. Não era um choro de tristeza. Era uma emoção maior, que eu não entendia bem. Como se o futuro e o passado estivessem dentro de mim.

Então tudo foi sonho! Eu não viajei para o futuro, não conheci a escola do meu filho, e as teclas do meu computador não haviam funcionado sozinhas. São estranhas, e maravilhosas, as sensações realistas de nossos delírios.

Não conseguia lembrar do exato momento, na noite anterior, em que eu havia parado de tentar escrever e ido para a cama dormir. Imaginava ter ficado até tarde, pensando, quebrando a cabeça para enxergar o futuro através das palavras. Devo ter ficado tão exausto que flutuei para a cama, meio sonâmbulo. É a única explicação.

Levantei e fui até o computador. Pelo menos agora eu já sabia exatamente sobre o que escrever. Era só contar meu sonho, e estaria terminado o último teste a que o professor Nabuco me submetera. Eu não podia ter certeza de conseguir expressar em palavras todas as emoções que havia sentido durante aquela viagem fantástica, mas pelo menos já tinha assunto.

O computador ficara ligado. "Curioso…", pensei, enquanto dava um peteleco no mouse, desmanchando as imagens do aquário marinho protetor de tela.

E estava tudo lá!

Cada pedacinho do voo pela cidade; a passagem pelas casas dos meus pais e da minha irmã, o sobrevoo pelo pátio do colégio onde eu seria pai, a interrupção abrupta daquela visita, comandada pela minha sombra, o toque do sinal e a frustração de não ter visto o rosto do meu filho.

Ao todo, eu havia escrito quase cinquenta páginas. Era realmente muito estranho. Mesmo assim, imprimi o texto. Tomei banho, me vesti e fui correndo até a casa do professor.

Quando cheguei lá, ele parecia um fantasma ao abrir a porta. Seus problemas respiratórios não o haviam deixado dormir. Estava muito abatido mesmo, com um rosto pálido, olheiras, uma respiração sacrificada. Fiquei culpado de tê-lo deixado sozinho. Como não lembrei que poderia precisar de mim?
Ajudei-o a voltar para o seu quarto.
— O senhor deveria ter me deixado ficar aqui, por perto — eu disse.
— Não. Era importante que você trabalhasse longe da minha influência.
— Mais importante que a sua saúde?
Ficamos em silêncio um tempo. O professor se ajeitou na cama. Depois, com um suspiro de alívio e conforto, admitiu:
— Que bom que você voltou.
Dei-lhe seus remédios da manhã. Contei-lhe o que me havia acontecido, demonstrando o quanto ficara impressionado, e entreguei-lhe o texto misteriosamente escrito como se fosse uma relíquia.
Ele o colocou de lado, na mesa de cabeceira, me deixando intrigado, e disse apenas:
— Você lembra que, anos atrás, quando nos encontramos a primeira vez no aeroporto, eu lhe perguntei como você se sentia, ficando mais velho por causa de um livro?
— Lembro — respondi.
Ele, com dificuldade de respirar, perguntou novamente:
— Você lembra que, na noite da sua formatura, em meu discurso, falei que algumas coisas, algumas pessoas, nos põem em contato com o passar do tempo, e que tudo o que nos emociona, tudo o que nos toca, é o tempo chegando e indo embora?
— Lembro — confirmei.
— Pois bem, diante da forma que você escolheu para viajar no tempo, acabaram minhas últimas dúvidas. Posso afirmar com certeza que o seu espírito não é nem um pouco científico.

— E o que ele é, então? O que eu sou? — perguntei, como se estivesse conversando com um Deus particular, que sabia as respostas para todas as minhas perguntas.

— Você é um bom coração.

— Hein? — estranhei.

— A emoção, Pedro, é a única coisa que você deseja transmitir. A você não importa o conhecimento, a filosofia, a erudição, nada. Não que despreze estas coisas, você precisa delas e as valoriza. Mas não como um fim. Elas são apenas ferramentas para você desentranhar o núcleo que procura, em tudo. As histórias que você precisa contar não são feitas à base de procedimentos metodológicos. Elas dependem da sua identificação com os sentimentos alheios.

— Não entendo... — eu disse, realmente não sabendo aonde o professor queria chegar.

— Pense nos perfis de personagens que você vem fazendo.

— O que têm eles?

— Aqueles personagens, Pedro, são suas companhias. Graças a eles você conseguiu esperar todo esse tempo pela minha afilhada. Sejam quais forem suas características de temperamento, boas ou más, tenham eles existido ou não. Você sempre consegue ver o mundo pelos olhos dos outros.

— É verdade — admiti, meio perplexo.

— Termine sua faculdade de história. Ela é tão útil e inútil para você quanto qualquer outra.

— Como assim?

— Nenhuma faculdade lhe dará o que você precisa.

— Mas, se não sei que profissão devo seguir, continuo sem entender o que sou.

— Um amigo ainda mais íntimo do tempo. Para quem o distanciamento crítico não é o mais importante. Passado, presente e futuro, sem distanciamento, são o presente infinito.

— Mas o tempo também passa para mim.

— Passa, claro, mas você não é um Pedro só, o do presente. Você é todos os Pedros simultaneamente. Do berço ao túmulo.

— Eu vou morrer?

— Parece inacreditável, não é? Mas, lá no fundo, você sabe disso. A consciência da morte reforça a emoção vivida, e mais do que qualquer relógio, nos faz experimentar essas passagens, e o tempo. Você, Pedro, é um historiador da subjetividade.

— Não sei se estou compreendendo.

— É justamente sobre o tempo que você deve escrever. Você o conhece na essência, a ponto de libertá-lo das divisões tradicionais. E a essência do tempo, aquilo que nunca muda, é o potencial humano para se emocionar.

— O senhor está querendo dizer que...

— É isso mesmo — ele me interrompeu, sorrindo do meu espanto, e completou a frase escolhendo as palavras: — A sua realidade é ficção.

11. Moscas e meninos travessos

Daquele dia em diante, minha nova tarefa era escrever um romance. O professor me dispensou de toda e qualquer pesquisa que não estivesse vinculada exclusivamente a isso. Mesmo assim, continuei trabalhando em sua casa todos os dias. Eu ia para a faculdade, depois para o sobrado, e lá me trancava no escritório.

Nos primeiros dias, fiquei cerimonioso. Os grandes escritores para mim eram deuses. Diante do computador, fiquei meio sem rumo, combinando palavras, ideias e sentimentos. Nada muito inspirado. O esforço então recomeçou a ganhar um fluxo próprio, que eu não controlava. Às vezes escrevia mais de dez páginas numa tacada só, como que de novo tomado pelo sonho e pela minha sombra independente. Outras vezes ficava tenso, encarando o monitor, eu e ele travados. A minha boa e velha preguiça mental, às vezes, também atrapalhava tudo, me deixando feito um demente, imbecilizado diante da bolha de vidro. Mas, fosse qual fosse o meu estado de espírito, o professor me obrigava a não levantar a bunda da cadeira.

Era muito claro para ele, e àquela altura eu mesmo já não

podia lutar contra a seguinte certeza: ou conseguia ser feliz como escritor, ou precisaria nascer de novo. Ele havia acertado na mosca. Nenhum outro tipo de realização profissional me interessava mais. Aliás, afora a minha felicidade com a Mayumi, a outra coisa que realmente importava para mim era escrever livros que tivessem alguma força, algum poder. Ou melhor; desde o início, um único tipo de poder me interessou: o de emocionar as pessoas.

Eu havia caído numa estrada sem volta. Até o dia da minha morte, podia ou não encontrar o sucesso de público, a fama, o dinheiro. Podia ou não ser adorado por multidões de leitores. Podia ou não ser entendido por meia dúzia de especialistas. Qualquer escolha profissional traz esses riscos, e você só fica seguro de que escolheu a carreira certa quando chega à conclusão de que mesmo que dê tudo errado terá valido a pena. De que o fracasso na tentativa ainda é motivo de orgulho, enquanto ter passado a vida sem tentar seria uma humilhação insuportável, como se você fosse ridicularizado pelo seu próprio destino.

É claro que a profissão de escritor é um pouco mais estranha que as outras. Em geral, não dá dinheiro, mesmo que dê alguma fama. Além disso, é uma atividade bastante solitária, que exige muita disciplina. Todo escritor é um pouco obsessivo. Você chega a saber de cor parágrafos inteiros do livro que está escrevendo, de tanto ler e reler, e trocar vírgulas de lugar, e substituir palavras que aos olhos dos outros não fazem nenhuma diferença. Mas eu gostava até desse pacote meio neurótico de frustrações e impulsos idealistas.

De todas as características da profissão, porém, a que mais me realizava era a atenção caótica que ela pressupõe. Por um lado, a literatura é uma atividade superexigente e ciumenta, que nunca te deixa mergulhar de cabeça em nada mais. Por outro, ela te obriga a se interessar por mil outras coisas.

Por exemplo: se o personagem do livro que você está escrevendo tem um barco, é preciso pesquisar sobre barcos. Mas não a ponto de você virar uma enciclopédia ambulante. Se virar, aliás, o livro tem grande chance de sair ruim. A pesquisa vai além do domínio técnico, vai além das palavras especializadas, das citações. Enquanto você vasculha todas as revistas náuticas, seu objetivo não é saber exatamente, nos mínimos detalhes, como funciona e como se dirige um barco. O que você está procurando são pequenas particularidades que possam transmitir o sentimento de ter e de dirigir um barco. O que significa, para o seu personagem, ter um barco? É atrás disso que você está. E isso pode ser transmitido por algo insignificante, que a um especialista em barcos, ou um pesquisador típico, pareceria desprezível. Quando você encontra esses pequenos elementos, nos quais o seu personagem deposita a própria emoção, aí sim você pode usar alguns detalhes técnicos, pois eles surgirão espontaneamente. É um jogo sutil de ilusão e realidade.

Para um histórico preguiçoso mental como eu, que se interessava por tudo um pouco, mas por nada a ponto de querer me tornar um especialista, esse tipo de atenção caótica, de conhecimento ao mesmo tempo superficial e essencial, racional e instintivo, era feito sob medida!

E o barco é apenas um exemplo, mas pode ser qualquer coisa. Num romance, cabem todos os assuntos. Então você pesquisa sobre tudo o que quiser, e sempre almejando chegar à essência da matéria, mas sem notas de rodapé. Nessa época percebi que a profissão de historiador é maravilhosa, mas, como romancista, eu não precisava ser só historiador. Eu podia ser historiador, pipoqueiro e jogador de futebol. Eu podia ser o rei da noite e um solitário. Eu podia ser mulher, homem pansexual. Padre e médico. Agente secreto e publicitário. Se eu quero falar de política, o romance aceita. Se quero falar de filosofia, o romance aceita. Se quero falar de amor, o romance até agradece.

No correr do processo, reparei que minha relação com a vida estava melhor. Meus dias ficaram mais leves, as coisas chatas não me aporrinhavam tanto, as tristezas do mundo pareciam ter solução. Quando vi, tudo ganhara uma luz diferente. Até a faculdade deixou de ser um sofrimento. A saudade da Mayumi, mesmo sem diminuir nem um tiquinho, deixou de ser tão doída. Passou a ser um sentimento de antecipação da grande alegria cada vez mais próxima.

Infelizmente, à medida que o romance foi avançando, e eu fui me sentindo cada vez mais realizado, a saúde do professor foi piorando. Suas crises respiratórias se tornaram constantes. Volta e meia, ele ficava de cama, sem conseguir levantar. O médico havia recomendado uma enfermeira, mas o professor se recusou sequer a pensar na hipótese.

Era como se a vida me exigisse um pagamento pela minha descoberta profissional, e o professor fosse vítima dessa cobrança.

Os balões de oxigênio se sucediam. Quando ele tinha forças para chegar ao escritório, lá tombava, exausto, e logo adormecia na poltrona. Ou então, se ficava com falta de ar, botava a máscara de oxigênio na cara, e assim não conseguia ler direito, ou escrever, ou fazer qualquer coisa, o que por sua vez o deprimia.

Eu, já instalado na sua casa havia meses, mudei para lá de vez. Queria estar sempre a postos, atendendo-o a todo momento. Fazia isso por ele, pela Mayumi e por mim.

O professor me proibiu de contar a ela sobre sua doença galopante. Mas, quando nos falávamos por telefone, e até por e-mail, a Mayumi pressentia que alguma coisa estava acontecendo com o padrinho, apesar dos meus hábeis despistes. Por mais que ensaiasse, na hora eu me entregava, ou, à menor hesitação de minha parte, ela percebia. Eu acabava contando quase tudo que estava acontecendo. Só amenizava um pouquinho, para não deixá-la tão-tão-tão deprimida do outro lado do planeta.

Foi por essa época, acho, que começamos a fazer contagem regressiva pela sua volta. Nunca fui muito bom em fazer contas de cabeça, mas se um ano tem trezentos e sessenta e cinco dias, se um dia tem vinte e quatro horas, se uma hora tem sessenta minutos, e se eu tive de esperar dois anos até a Mayumi voltar definitivamente da França, então isso quer dizer que eu, o professor e ela própria esperamos ao todo 27 520 horas e 665 120 minutos!

O dia da sua chegada, para quem tinha ficado, foi equivalente a um feriado nacional incomparavelmente feliz, uma data cívica pra valer, tipo vitória na final da Copa ou sábado de Carnaval.

Acordei quando ainda estava escuro. De pura excitação. Também porque o avião chegava às seis da manhã, e aeroporto, como se sabe, é sempre longe. Mas não foi difícil levantar; pulei da cama, tomei banho e me vesti em uma fração de segundos.

O professor, já acordado, me chamou no quarto e disse:
— Traga ela para nós.

Achei bom sinal. Se estava dando ordens, estava num bom dia. Peguei o carro, que meu pai havia emprestado para a ocasião, e fui.

Ao chegar ao aeroporto, olhei para o alto do saguão e decifrei um daqueles painéis farfalhantes, com os números, os horários e as procedências dos voos. O avião vindo de Paris estava atrasado uma hora. Passaram-se mais três mil e seiscentos segundos. Dos longos, por sinal. Engraçado que, mesmo tentando me lembrar o que fiz enquanto esperava, não consigo. É como se o tempo tivesse congelado, me deixando estático junto ao portão do desembarque, completamente oco por dentro.

De repente, uma movimentação em torno da saída me despertou. Tudo à minha volta recomeçou a se mexer. Tentei enxergar através do blindex escuro. Quando a vi, seu lindo sorriso já apontava para mim.

Ela trazia na bagagem um diploma de Primeiro Mundo e até um emprego. Havia conseguido lá da França mesmo, num grupo científico bem patrocinado e disposto a desenvolver por aqui sua linha de trabalho.

Enquanto eu dirigia para casa, com a Mayumi ao meu lado, minha vontade era largar o volante, esquecer a estrada e beijá-la quatrocentas e quinze mil vezes e meia. Quando chegamos — de mãos dadas, abraçados, grudados; simplesmente não conseguíamos nos desgrudar —, fomos ao encontro do professor. Em homenagem à afilhada, e para que ela não o visse tão abatido, ele a esperava no escritório.

Mayumi deu um longo abraço no padrinho, e chorou um pouco. Fiquei emocionado.

Passados estes primeiros instantes, eu e o professor quisemos saber como tinha sido tudo em Paris, o fim do curso, a despedida dos amigos, a partida da cidade. Eu poderia ter ficado bombardeando-a com perguntas. Só parei depois de um tempo, quando ela disse:

— E vocês? Só eu que estou falando...

Então lhe contei sobre o romance, com um sorriso bobo na cara, e sobre como o professor havia me ajudado a descobrir uma carreira que combinava com a minha estrutura mental.

Ela riu de mim nessa hora:

— Só você pra acreditar na história da aposta com o shakespearianólogo inglês!

O professor riu também, dando uma tossidinha, e completou, gozando:

— E a pesquisa sobre a natureza humana...?

Os dois começaram a rir. Por um instante, balancei, mas acabei rindo junto. Tudo bem eu ter sido ingênuo. Para eles eu queria mesmo ser um grande ingênuo, e nunca ter um único sentimento ruim, um único pensamento escondido.

Depois disso, contei à Mayumi do meu sonho futurístico, no qual visitei a escola do nosso filho (na verdade, o sonho não dizia que era dela também, mas só podia ser...). Eu já o havia contado, a distância, mas falar cara a cara era muito diferente. Ela sorriu meio encabulada.

Então o professor cutucou:

— Vocês conhecem alguma coisa mais interessante do que as emoções humanas?

Mayumi e eu nos olhamos, entendendo o que ele queria dizer. Era verdade. Eu, em meu romance, procurava construir personagens que realmente sentissem e, assim, fizessem o leitor sentir também. A Mayumi, por um caminho completamente diferente, absolutamente científico, tentava mapear as emoções que sentimos em ultrassonografias cerebrais. E ele, bem, ele era o mestre de todos nós. Ele era o Fazedor de Velhos, o homem que, provocando a emoção, fazia o tempo andar.

Naquele dia, o professor manteve pelo máximo de tempo o melhor estado de espírito que pôde. Mas não conseguiu disfarçar inteiramente o quanto sua saúde estava debilitada.

A Mayumi, delicada como sempre, uma bela hora puxou o assunto:

— E as suas novidades, padrinho?

Ele, não se dando por achado, respondeu:

— E alguém que vive dentro de casa pode ter novidades?

— Não sei. O senhor me diga.

Para escapar, ele tentou um pouco de rabugice:

— Assunto de velho é só aporrinhação: ou é gente mais jovem ou é doença. Não sei o que é pior.

Ele se recusava a falar do assunto com a afilhada. Acho que até para alguém tão forte era emoção demais. Não queria ser um peso para ela, para nós. A Mayumi precisou insistir, em tom de brincadeira:

— Acontece que só falamos de gente mais jovem até agora...

Então ele a olhou, e depois olhou para mim. Soube naquele instante que eu tinha dado com a língua nos dentes.

— Falar disso é perda de tempo.

— Eu fico preocupada com o senhor...

— Não fique. Esse enfermeiro que você deixou pregado aqui na minha casa — e ele olhou na minha direção — vai dando conta do serviço. Os médicos estão todos felizinhos.

— O senhor jura que não vai esconder nada de mim?

— Eu sou velho, não sou doente. É melhor vocês irem se conformando... — ele disse, saindo de repente da defensiva. — Agora que você voltou, agora que vocês estão juntos, uma fase das nossas vidas está se fechando. Para mim, é a última. Isso é natural.

Hesitamos por um instante. A Mayumi o abraçou com uma gentileza sobrenatural. Abaixei o rosto, pois não queria que me vissem emocionado.

Os meses seguintes foram muito especiais. Convivemos maravilhosamente bem, os três. Um ponto alto da nossa felicidade foi quando apresentei os meus pais e a minha irmã ao professor Nabuco e à Mayumi. O grande temor geral naquela noite, claro, dizia respeito ao meu pai e ao professor. Por sorte, eles se adoraram. A literatura lhes deu assunto no início, e logo começaram a sentir uma real simpatia um pelo outro. Minha mãe adorou a Mayumi, que era elegante como ela, e alegre. Eu me senti próximo da minha irmã.

Marcamos o casamento em uma igrejinha perto do sobrado, na rua de trás. Convidamos, além da minha família, apenas nossos melhores amigos. O Azevedo seria o meu padrinho.

Contudo, à medida que se aproximava a data do casamento, a saúde do professor ia piorando. Miseravelmente. Piorava devagar, um pouquinho a cada dia. Mas piorava de um jeito que não tinha volta. Chegou um momento em que ele nem conseguia mais deitar inteiramente. Seus pulmões se deterioraram de tal jeito que precisava ficar com as costas inclinadas, sempre meio sentado na cama, ou poderia ter um sufocamento mortal. Nem para dormir podia se deitar. Nós rezávamos e nos revezávamos ao seu lado.

Como escrevia em casa, eu ficava com ele enquanto a Mayumi ia para o laboratório. Montei o computador no quarto do velho Nabuco. Nos intervalos do romance, caso o professor estivesse acordado, eu lia seus autores preferidos em voz alta, comentava as notícias do jornal, os acontecimentos da cidade, discorria sobre os livros novos que haviam saído, contava em detalhes os preparativos para o casamento.

Como ele reclamava dos médicos! Vivia praguejando, com a voz rouca devido à crônica falta de ar: "Pascácios, néscios, mocorongos!". O professor simplesmente odiava quem o tratasse como doente.

— Eu sou velho, não sou doente — repetia, irritado.

Nas horas calmas, em compensação, segurava o meu braço e dizia, resignado, para eu não ficar triste. Ele não tinha medo de morrer. Eu tentava negar o óbvio, e dizia que iria sair dessa, que era só questão de tempo, et cetera e tal. Mas o professor não gostava tampouco de quem o tentava enganar. E um dia rebateu minha cortesia mentirosa:

— Pedro, até a sensação de estar me aproximando da morte é uma forma de viver. Não tenho nenhuma intenção de morrer sem sentir isso. Portanto, pare de me tratar como um iludido.

Calei a minha boca na hora. Lembro direitinho. Aprendi de uma vez por todas. Não adiantava calar a tristeza. Ele era um homem brilhante demais para se preocupar com qualquer outra coisa naquele momento. Cortava o coração vê-lo se despedindo da vida aos poucos, mas, pensando melhor, até sobre isso era bom falar com ele.

Um dia, finalmente, terminei de escrever o romance. A Mayumi leu, e eu e ela o lemos para o professor. Os dois gostaram. Deram algumas sugestões de mudança, que acatei quando me pareceram corretas. Quando fizeram críticas mais duras, sofri. Se falavam mal de um personagem, era como se estivessem falando mal de mim. Mas logo me punha a reescrever, a consertar, a melhorar. Depois dei mais uma lida geral, acertando pequenos detalhes de estilo, consertando o jeito dos personagens falarem certas coisas. Então tirei várias cópias e mandei meu livro para todas as editoras que conhecia.

Foram semanas de muita expectativa, esperando alguma resposta. Só não caí na paralisia total porque o professor, doente na cama, ainda tinha o poder de me obrigar a trabalhar:

— Não fique esperando. Ponha no papel uma coisa nova.

Comecei a escrever outro romance, mas comecei a escrever contos também, e depois crônicas. Assim fui indo, enquanto a resposta das editoras não vinha.

Pela segunda vez na vida, quanto mais eu escrevia mais fácil ficava a espera. Aquilo era um trabalho sério, difícil, exigente, que sugava o melhor das minhas energias, mas até de graça eu o fazia com prazer. A escrita me deixava em paz com o passar do tempo.

Escrever todo o tipo de texto era bom. Dos mais artísticos aos mais corriqueiros. O importante era eu sentar na frente do computador e, de algum jeito, botar os meus pensamentos em palavras. Fazendo isso, eu estava feliz.

Enquanto as editoras não se pronunciavam, eu desenvolvi superstições secretas. Parei de pisar nos riscos das calçadas, por exemplo. Comecei a só levantar da cama com o pé direito. Também deixei a barba crescer. Para ninguém, claro, jamais mencionei qualquer ligação entre minhas novas manias e a expectativa de ser publicado, entre o meu novo visual e as minhas ambições editoriais.

Mas o tempo foi passando, e passou. Desanimei. A esperança é a última que morre, mas morre. Continuaria um escritor inédito, paciência. O casamento estava aí, e era mais importante que tudo. A minha linda namorada oriental era bem melhor que qualquer lançamento de livro, com um monte de sorrisos, regados a vinho branco vagabundo e morno.

Na véspera da cerimônia, terminei o dia exausto. Tinha ficado mais de seis horas em frente ao computador, escrevendo uma cena complicada do novo romance. O professor tirava sua soneca da tarde, e a Mayumi ainda estava no laboratório, trabalhando. Fui até a cozinha, atrás de um copo d'água. Então, sob a fresta da porta dos fundos, vi uma carta no chão. No envelope, um logotipo conhecido.

Abri o envelope como se fosse um diagnóstico médico e eu tivesse suspeita de tumor cerebral. Um "sim" e tudo na minha vida ficaria perfeito. Um "não" e eu deprimiria na véspera do meu casamento.

Dei sorte. Uma editora me oferecia contrato, e pedia o prazo de um ano para a publicação! Fiquei dançando sozinho na cozinha. Ajoelhei e, mesmo sem ser religioso, sem nem sequer saber rezar direito, agradeci a Deus. Agradeci à minha barba, que agora eu precisaria ficar usando por mais um ano inteiro. Agradeci ao meu esforço de não pisar nos riscos das calçadas. Tudo valera a pena.

Liguei para os meus pais e contei a novidade. Aquela noite, o mundo, aos meus olhos, tinha uma cor igual à da bebida em nossas taças, dourada, e as bolhas agitadas nos copinhos magros estavam como nós, explodindo de felicidade.

Eu nem consegui dormir. Fiquei revirando na cama e pensando em tudo o que me aguardava no futuro. Depois de horas sem conseguir pregar o olho, fui até o quarto do professor, ver se precisava de alguma coisa. Já era um hábito meu dar essas incertas.

Do quarto da Mayumi não vinha nem um ruído. Ela provavelmente mergulhara no sétimo sono. A casa estava totalmente silenciosa e às escuras. Fui me esgueirando pelo corredor. Empurrei a porta do quarto do professor bem devagarzinho, para não acordá-lo caso já estivesse dormindo.

Mas logo ouvi sua voz:

— Pedro?

Abri a porta, afinal, e fechei-a atrás de mim. Sussurrei em sua direção:

— Sou eu.

Ele estava acordado, como a luz da mesa de cabeceira.

Aproximei-me, puxei uma cadeira e me sentei junto à cama. Ele, sorrindo, virou o rosto na minha direção.

— O senhor está bem? — perguntei.

Ele, preso à única posição que o mantinha respirando, apenas estendeu-me sua mão.

— Meu querido. Muito obrigado.

Só de ouvir aquilo fiquei com vontade de chorar.

— Obrigado por quê?

Ele fechou os olhos, e fez um movimento negativo com a cabeça:

— Você é um escritor agora, não tem mais o direito de fugir das emoções.

De repente, uma lágrima escorreu no meu rosto. E admiti:

— Estou muito triste, e muito feliz. E muito culpado.

— E por que triste? Tudo está dando tão certo.

Foi a minha vez de fazer um gesto negativo com a cabeça, e encarar o assunto:

— Estou muito triste por causa do senhor.
— Você realmente não consegue distinguir passado, presente e futuro, não é? Você está com saudade de mim antes mesmo de eu morrer.
Fiquei envergonhado, mas era exatamente isso que eu estava sentindo. Desanimado, afundei ainda mais na cadeira. Ele suspirou profundamente. Começou então a falar, dando um tom solene às suas palavras:
— Pedro...
— O quê?
— ... estou com vontade de deitar.
Olhei para ele assustado. Não podia estar falando sério. Com a sua doença respiratória no estágio em que estava, deitar era sinônimo de morrer. Censurei-o com o meu silêncio. Então ele disse:
— Mas não consigo tirar esses travesseiros daqui sozinho.
Senti um arrepio ao ouvir aquilo:
— Professor, que insinuação maluca é essa?
— Não é insinuação, é um pedido que estou fazendo — ele insistiu, muito convicto.
Olhei-o novamente, agora aterrado.
— Não me olhe assim. Eu só quero descansar.
— Professor...
— Você sabe — ele me interrompeu —, estou tranquilo em saber que você e a Mayumi estão juntos.
— Padrinho...
Chamei-o de "padrinho" sem perceber, num deslize, porque ela o chamava assim, suponho, mas ao ouvir isso foi ele quem se emocionou. E apertou minha mão:
— Sempre quis fazer as pessoas viverem, sem medo do tempo ou do destino. Preciso encerrar essa fase da minha vida. E talvez nem seja a última, quem sabe? Você, agora, também é um Fazedor de Velhos. Não fuja às suas responsabilidades.

Novo silêncio. Eu era um Fazedor de Velhos, não de mortos! Estava horrorizado com o que ele me pedia. Mas o sentia tão convicto, tão consciente e, de certa forma, tão calmo...

Após uma pausa, tomando fôlego, ele perguntou diretamente:

— Você me ajuda?

Meu rosto era uma máscara de dúvida e perplexidade.

Neste momento, a porta do quarto se abriu. A Mayumi entrou, numa linda camisola branca. Parecia uma visão. Era uma alma boa, pura, que se movia com a elegância de outro mundo. Caminhou silenciosamente até nós, sentou-se na cama do professor e acariciou seus cabelos. Ao perceber que eu estava chorando, perguntou com uma voz suave, mas preocupada:

— O que vocês dois estão conversando?

— Minha filha — disse o professor, escondendo o verdadeiro tema da nossa conversa e salvando a pátria —, você é muito linda e nós somos dois cavalheiros ciumentos e completamente apaixonados. Você não gostaria que nos enfrentássemos na sua frente, gostaria?

Ela sorriu, tocada pelo fato de o padrinho, mesmo naquela situação penosa, preocupar-se em ser tão gentil. Do fundo da minha tristeza, uma coisa boba me veio à cabeça, e eu pensei alto:

— O Ministério da Saúde adverte: Elogiar uma mulher bonita faz bem à saúde.

— Se isso é verdade — disse a Mayumi, respondendo à minha piada —, vocês vão viver para sempre. Sou muito paparicada aqui nesta casa.

Nós dois sorrimos, orgulhosos de nós mesmos. Mas a ideia de uma vida eterna fez com que trocássemos um olhar significativo, e a Mayumi percebeu que alguma coisa estava acontecendo, e perguntou:

— Como o senhor está se sentindo?

O professor fez uma nova pausa, pensando no que iria responder. Então disse, com uma voz mais firme do que antes:
— Eu estou pronto.
A Mayumi ficou entristecida pelo tom de voz do padrinho. Mas não respondeu. Apenas sentiu que ele estava se despedindo.
Quando fez menção de se levantar e voltar para o quarto, fui junto, aproveitando para escapar dali. Não queria que o professor tivesse mais uma chance de me fazer o seu pedido macabro. Aquela era uma prova de amor que eu não estava preparado para dar. Nos levantamos, pedindo sua bênção. A Mayumi ajeitou seus travesseiros, para deixá-lo na posição correta, inclinada. Enquanto ela o acomodava, ele me encarou, pedindo com os olhos. Fingi que não entendi.
Então ele perguntou:
— Quando eu morrer, vocês me fariam um último favor?
— Eu e a Mayumi nos olhamos. Ele continuou:
— Vão até o cemitério, e levem um último buquê de flores para a Cecília.
Olhei para a Mayumi e percebi que ela sempre soubera de tudo.
Fomos até o professor e beijamos sua testa. A Mayumi disse:
— Agora durma, e não pense mais em coisas tristes.
Então saímos do quarto, abraçados. Nos beijamos no corredor escuro.
Quando me deitei, de novo não consegui pregar o olho. E fiquei horas pensando se estava fazendo a coisa certa. Sempre tive horror à simples ideia de suicídio, mas, naquele caso, era um pouco diferente. Sua doença era incurável, sua vida estava se extinguindo como o ar em seus pulmões, dolorosamente. E ele parecia estar em paz com sua opção. Mas ser logo eu a ajudá-lo! Logo eu que, se houvesse como, não mediria esforços para fazê--lo ficar bom.

Não conseguia parar de pensar no professor e, quando eu menos esperava, me veio à cabeça a frase-chave do *Rei Lear*, aquela que eu havia procurado tanto sem jamais encontrar! Dizia, simplesmente:

> Como moscas para meninos travessos, assim somos nós para os deuses; eles nos matam por diversão.

Fiquei com aquela ideia fixa na cabeça por toda a madrugada. Era um estranho consolo, pensar que somos tão insignificantes diante do sentimento do mundo.

A luz do dia já começava a invadir as frestas da cortina. Aí, num estalo, me dei conta do desajuste dos travesseiros do professor na hora em que a Mayumi os arrumara. E tudo ficou óbvio: antes mesmo de eu ter ido ao seu quarto, ele havia tentado tirar os travesseiros sozinho!

Levantei da cama, movido por um péssimo pressentimento, e fui correndo até lá. Abri a porta num golpe. Os travesseiros estavam jogados no chão, e o meu mestre, muito pálido, havia deitado afinal.

12. ... E assim por diante...

Eu e a Mayumi decidimos não cancelar a cerimônia. No mesmo dia enterramos seu corpo e nos casamos. Ele teria gostado de ver. Experimentamos, em poucas horas, o máximo de tristeza e o máximo de felicidade. Tanta emoção nos fez sentir com absoluta clareza que uma fase da nossa vida havia terminado. Se isso é envelhecer, então mais uma vez o professor havia cumprido o seu papel nesse mundo. Era o Fazedor de Velhos em ação, acordando morto.

Ficamos morando no próprio sobrado. Um ano depois, meu livro saiu, e fez algum sucesso. Não deu para ficar rico, nem sequer famoso, mas confirmei que meu prazer de escrever não diminuía por causa disso. A Mayumi, por sua vez, recebeu um prêmio de uma importante fundação científica e teve os resultados de suas pesquisas lidos com interesse pelos grandes nomes da sua especialidade.

E então, quando achávamos que nada de melhor poderia acontecer, ela ficou grávida. Nove meses depois, nosso filho nasceu numa bela manhã de sol. Tinha os olhos puxados como os dela, e os cabelos espetados como os bebês japoneses normalmente têm. Naquele dia, na maternidade, pensei muito no professor.

    Envelheci muitos anos em poucas horas. Fiquei muito feliz com isso. Os deuses nos matam por diversão, mas, afinal, também são eles que nos fazem nascer.

1ª EDIÇÃO [2017] 12 reimpressões

ESTA OBRA FOI COMPOSTA PELO GRUPO DE CRIAÇÃO EM ELECTRA E
IMPRESSA EM OFSETE PELA GRÁFICA SANTA MARTA SOBRE PAPEL PÓLEN BOLD
DA SUZANO S.A. PARA A EDITORA SCHWARCZ EM MARÇO DE 2024

A marca FSC® é a garantia de que a madeira utilizada na fabricação do papel deste livro provém de florestas que foram gerenciadas de maneira ambientalmente correta, socialmente justa e economicamente viável, além de outras fontes de origem controlada.